四方游记

沙太　著

海南出版社

·海口·

图书在版编目（CIP）数据

四方游记 / 沙太著. —海口：海南出版社，2022.12

ISBN 978-7-5730-0915-9

Ⅰ. ①四… Ⅱ. ①沙… Ⅲ. ①游记-作品集-中国-当代 Ⅳ. ①I267.4

中国版本图书馆 CIP 数据核字（2022）第 240334 号

四方游记

SIFANG YOUJI

作　　者：沙　太
选题策划：徐雁晖
责任编辑：胡守景
执行编辑：徐雁晖
封面设计：王凤龙
印刷装订：广西广大印务有限责任公司
出版发行：海南出版社
地　　址：海口市金盘开发区建设三横路 2 号
邮　　编：570216
电　　话：0898-66822026
经　　销：全国新华书店经销
开　　本：787 mm×1 092 mm　1/16
字　　数：210 千字
印　　张：18.5
版　　次：2022 年 12 月第 1 版
印　　次：2022 年 12 月第 1 次印刷
书　　号：ISBN 978-7-5730-0915-9
定　　价：98.00 元

目 录

中国篇

开 篇 词

走四方，天海茫茫中几见灿烂阳光，
看人间，遍地沧桑里几多美好希望。

一颗好奇心，
一种感恩情，
陪伴你游走他乡。

读书，旅行，
为你插上智慧的翅膀。

"今又重阳，战地黄花分外香。"

"一万年太久，只争朝夕。"

毛主席的话牢记心上。

书友们，旅伴们，

迈开大步，

快乐地，勇敢地，

行走在寻梦的大路上。

沙太*

二〇二〇年冬至于海南五指山

---

*本书作者：沙太，本名邓秀芳，山东济南人，出生于一九五四年一月七日。

国际篇

南非之行

能完成南非之行，对我来说是一种莫大的恩赐！

从北京出发，横跨太平洋、印度洋和大西洋，来到了非洲大陆的最南端——南非。在好望角的眺望平台上，看着那浩瀚无际的大西洋和印度洋在这里相汇融合，大洋里波涛汹涌、白浪翻滚，滔天巨浪毫无拘束地冲击着好望角山坡上的礁石，不时传来阵阵轰鸣。

看着眼前这天海合一的胜景，聆听两洋交汇奏出汹涌澎湃的撼世乐章，我赞美上苍！

南非的约翰内斯堡，是我的女儿、女婿和两个小外孙生活的地方。为了了解孩子们的成长环境，我随旅行团到南非来看望他们，遗憾的是所带的食品全部被当地海关没收了。值得庆幸的是，我见到了两个健康活泼的小外孙，源自血液深处的眷恋缠绕着我，临别时，我躲在宾馆里痛哭流涕。相隔万里见个面真不容易啊！女儿很辛苦，我感觉自己也帮不上什么忙，真是人生最苦生离别！为了两个小外孙，我要继续努力工作，在不伤害身体的前提下，给孩子们创造一个更好的生活环境。

我印象中的南非，总是与暴力、混乱、贫穷联系在一起，这次看到那整洁有序、文明美丽的开普敦和约翰内斯堡，改变了我对南非的些许印象。南非有丰富的矿产资源、适宜的生存条件，只是当地不同人种之间的生活条件差距太大，简直是天壤之别。我始终觉得，无论什么人种都有权享受自然，在大西洋和印度洋的怀抱中荡漾着属于自己的梦。

约翰内斯堡的赌场特别豪华，它靠着能提供那醉生梦死的体验吸尽了劳动者的血汗。而在当地市郊，则是

一眼望不到边的棚户区。那一排排的简陋房舍，向世人倾诉着这个世界的不平等和不完美。

南非当地的导游，用通俗的语言介绍着当地历史和民风民俗。南非曾是英国的殖民地，黑人领袖曼德拉，带领人民进行了艰苦卓绝的民族解放运动，才推翻种族主义统治。

长期的殖民地生涯，培养出南非多民族共存的土壤，各色人种互相扶持，谁也离不开谁。南非是资本主义国家，像是赌博等行为也受到政府法律保护，有专门的场所照章纳税。一些性少数群体还有自己的独立社区，就好像在这里，只要守法谁想干什么都行。

从北京到约翰内斯堡，真是一趟万里行程，十五个小时的长途飞行让我倍感疲乏。在开普敦的机场，我心脏病犯了，多亏同机旅伴的照料才逐渐恢复。我年纪大了，又整日劳顿，身体不中用了，怕是以后也不敢再去那么遥远的地方啦！

开普敦是个秀丽的城市，开普敦的维多利亚港在我看来也是能在世界排得上号的美丽港口。离开普敦两小时车程就到了十二使徒山，在背靠圣山面对大西洋的优美环境中，有着昂贵的度假别墅。那真是个好地方，但周边的海水温度太低，我是没法下海去游泳了。

每次游览完风景名胜，我都不禁感慨，只有自己平时做事力求完美公正，才不负此生人间之行和看到的壮美风景。

二〇〇九年正月七日于临沂

冬天的日本

结束了六日的冬季日本之旅，我又踏上了祖国的土地，顿时被青岛那清冷刺骨的海风吹得站立不稳。刹那间，我有些恍惚，为什么在日本那狭小的土地上，能挤着两亿多的黎民百姓?

日本很干净又很有条理，但又太拥挤太缺乏资源，这是我对日本的印象。在日本，少有自然或人文景观能比得上国内，但当地人拼搏奋斗的精神和谨慎细腻的生活态度，却是值得我们去研究和学习的。

在我父辈少年时，他们投身到抗击日本侵略者的潮流中。而少年时的我在电影《甲午风云》里看到邓世昌等民族英雄与日军作战英勇就义时，亦是热泪盈眶。后来，我在《读者》杂志上读到当时日军从望远镜里中看到清朝军舰的甲板上常常躺着晒太阳的懒散士兵，由此得出这样的军队必然没有战斗力，所以当时的日军才敢于扩大侵略战争。

二战后，日本紧跟时代潮流迅速崛起，并逐渐培养出独特的民族自尊心。我从名古屋乘车到东京，在高速公路上要行驶五个小时左右。这一路房屋紧依、住宅密布，每一寸土地都得到了充分的利用。东京是个大城市，人口密度极高，高楼大厦林立，各种风格的建筑充斥在城市的各个角落，那里的城市给人留下的第一印象是一望无际的楼山屋海。

从东京出发去箱根也要行车两个小时左右。在大涌谷火山口，温泉喷发出热气，硫磺味熏得游人喘不过气来。滚烫的温泉水能在短时间就把鸡蛋煮熟，并把鸡蛋皮染成黑色。“吃一个黑蛋能延寿五年！”台湾省来的吴导游告诉大家。这位三十岁的胖小伙儿用一根挑着小犀牛玩具的导游旗杆，给我们这个来自山东青岛的旅游团做领队。一路上，吴导游用他那“台普”，滔滔不绝地把自己肚子里的当地民风民俗介绍给大家。我曾读过号称是日本《红楼梦》的《源氏物语》和戏说日本名人丰田秀吉的《好色一代男》，还有日本电影《望乡》《追捕》和《沙器》，都给我留下了深刻的印象。

我的女儿书洋是看着日本电视剧《排球女将》和《一休》，学着小鹿纯子投篮和小一休的招牌动作长大的。我始终觉得日本文化源于中国，在这个问题上，承认与不承认只是个人认知不同而已。晚间，我们住在箱根的大山里，裸浴在露天温泉中，感受着异乡的风情。清晨在阳台上，我们望着近在咫尺的富士山，茫茫白雪把山峰点缀得更加动人。

在雪后的富士山脚下，我不禁想起一九七七年的自己，当时的我正在南京中山陵。想到过去的我一时百感交集，有些感悟真的是在特殊的环境下才可以产生。我贪婪地呼吸着这久违的雪后空气，心想，就凭在富士山下这短暂的舒心时刻，来日本一趟也是值了！

日本，号称是地球上日出最早的地方，其人口密集度超过了大部分国家。在这里，城市的每一寸土地都被利用起来。无论是京都还是大阪，那繁华的市井和街道上的人潮人海是相同的，不同的只是日本人更注重表面的清洁和秩序。我从济南乘飞机只要两个多小时就能到日本，甚至比从济南去海口还要便利些。去过日本，也算是完成了我内心的一桩夙愿。

我庆幸中国告别了被日本欺辱的时代。我们的大上海在很多方面就已经超过了东京。去了趟日本，我感觉就像到邻居家里串了趟门儿。以后如果有机会，我还是想再去看看，去感受这个让人熟悉又陌生的国家。

二〇一〇年二月二十三日于济南

西欧六国之旅

终于熬过了酷暑，几场秋雨带来些许凉意，这个夏天可真热啊！八月五日，我和朋友从北京首都国际机场三号航站楼出发，飞行八小时后到达阿联酋的迪拜机场，停留三小时后，又飞行了七个半小时，才顺利到达意大利的首都罗马。

这次的西欧之旅，是大老板对我前期工作的奖励。为了答谢在销售中对我们项目提供帮助的朋友，我索性就拽上她一块儿来欧洲开开眼界。我俩参加的是由四十人组成的西欧六国十二日游的旅行团，也是个由国内北方游客组成的“散拼团”。

西欧是西方文化的中心之一，也是资本主义的发源地。对于西欧的认识，我只限于教科书和现代媒体的只言片语。现在一夜之间，我就漫步在意大利罗马市政厅的广场上，像是一场梦。

天主教中心——梵蒂冈

我们观光的第一站，是位于古罗马城中心的国中之国——梵蒂冈。

梵蒂冈是世界上最小的国家之一。梵蒂冈的财政来源是旅游、邮票、银行的盈利和

来自世界各地教徒的捐款。梵蒂冈向世界多个国家派出宣教士，宣传基督教的救赎之道。著名的德兰修女，就是梵蒂冈派到印度的“神的使者”。

在梵蒂冈大教堂的广场上，前来参观的各国游客很多。我们排了两个半小时的长队，方才进入圣彼得大教堂。在世界各地的游客中，有不少虔诚的教徒。排队时，我看到许多外国的教友在唱赞美诗。

教堂广场上的长廊和罗马柱气势恢宏。走进圣殿抬头仰望，是一幅幅壮美的壁画，以及各种风格的圣母和圣子雕像。此时没有任何语言，可以表达出那虔敬的工匠，是用什么样的才华和技艺，来完成如此杰作的。我被感动得热泪盈眶。什么是艺术？这才是真正的艺术。在这些伟大的作品面前个人又是多么的渺小。

欧洲一行，去过梵蒂冈的圣彼得大教堂，我亦满足了！

艺术之国——意大利

意大利地处欧洲南部，高高的阿尔卑斯山脉像一个弧形的屏障，把意大利与法国、瑞士和奥地利隔开。意大利矿产资源相对贫乏，但水资源却很丰富。连绵起伏的山丘和山间河流，构成了一幅幅田园风光。在这片土地上，古希腊以及古罗马共同创造了辉煌的文化，成为西方文明的另一个源头。

意大利的首都罗马，以君士坦丁凯旋门和罗马斗兽场为骄傲。当你走进罗马城的时候，就像走进了巨型的露天历史博物馆，在宽广的帝国大道两旁，矗立着各个时期的古建筑。为保护这些古迹，罗马人把城市设计成新城和旧城。新城是供居民工作和生活的，旧城却是遍地古迹残垣。

远远望向那由无数奴隶建成的罗马斗兽场，那是供古罗马贵族休闲取乐的地方，我想起了斯巴达克斯和同他一起起义的那些角斗士。作为现代人的我真的不明白那人与人斗、人与兽斗、兽与兽斗的血腥场面，能给古罗马的达官贵人们，带来什么样的欢愉和刺激？站在这里，我好像听到罗马斗兽场里，那无数哀怨的灵魂，迎合着天上下着的细雨，发出了低垂的哭泣。

雕塑之城——佛罗伦萨

在承载着文艺复兴时期核心灵魂的雕塑之城——佛罗伦萨中，众多雕塑家们创作的一尊尊以圣经故事为主题的人物雕像，代表了雕塑艺术的高峰。

佛罗伦萨是意大利的雕塑博物馆，也是世界顶级的雕塑之城，素有“翡冷翠”的美称。佛罗伦萨还是《神曲》作者但丁和《十日谈》作者薄伽丘的思想发源地。文艺复兴时期的三杰——米开朗琪罗、达·芬奇、拉斐尔，都在这里生活过，佛罗伦萨也是文艺复兴时期的艺术宝库。在离佛罗伦萨两小时车程的小镇上，我们游览了闻名遐迩的比萨斜塔和比萨大教堂。

意大利的纬度位置接近中国的大连，同是风光秀丽四季分明的地方。由此看来，浪漫的艺术灵感，更可能产生于自然环境优美的地区。

来意大利看什么？它现代的东西少有值得夸耀的。但这个国家非常尊重自己的历史，千年前的古迹能相对完整地伫立在现代人的面前，真的让人惊叹不已。

从罗马到佛罗伦萨有五个小时的车程，一路上欧洲的田园风光映入眼帘，不由得羡慕当地人能坐拥这美景。西欧是个夏少酷暑、冬少严寒的好地方。给我们开旅游大巴的司机是个匈牙利人，很年轻也很勤快，随团导游叫梅强，是个在瑞典留过学的年轻华人。这一路上的交流，让我知道这个旅游团里满是成功人士。闲暇时就有人说什么“如今是穷人比车，富人比表。再好的车也不过百八十万，一块瑞士名表就有千把万的”。我听得目瞪口呆，感觉自己有点老土，平日里身在县城也不上网，感觉自己已经落后于时代了。我的同伴很快就如鱼得水，几天后就加入到了团队购物的探讨中去了。我一个乡巴佬，也没有什么钱，还是多看一眼窗外的异国风情吧。

意大利是以古迹吸引游客的，每一个城市的高速公路口，都收取外来游客和车辆的城市维护费，同时这费用里也包含该城市露天古典建筑以及博物馆的门票，感觉这种收费方法游客也是可以接受的。

水城——威尼斯

下一站就要到威尼斯了。威尼斯是亚得里亚海西北岸的重要港口。千年前为了躲避战争，威尼斯的先人们，在离陆地四公里的海边浅水滩上打下了一百多万根木桩，在木桩上建造了上百个小岛，用了百余年的时间才完成了城市的基础建设。

这就像我国福建客家人的土楼，在防御外敌的过程中由当地人逐渐建设而成。

威尼斯是一座真正的水城，那里的居民开门见水、出门乘舟。一艘艘两头尖尖翘起的贡多拉小船，载着游人穿大街过小巷，游人兴致勃勃地领略着水城的闲适和优雅。

我在威尼斯的珠宝店里，对着几件犹太人制作的精美首饰爱不释手。没办法，虽然我不戴首饰但是也喜欢收藏一些。

威尼斯是世界上少有的没什么汽车的城市，在城市港口上停靠着挪威、瑞典等北欧国家的巨型豪华邮轮。我除了在电影《泰坦尼克号》上看到过这种邮轮，这还是第一次在现实生活中见到这么豪华的邮轮。在我有生之年，若能乘坐这样的邮轮在五大洋上度过一段美妙的时光该有多好啊。据说只有发达国家，才有这样的海上跨洋旅游航线。我就盼着吧，有愿望总比没愿望的好，给自己一个念想。

威尼斯就是一个万国建筑博览会，满城都是哥特式、巴洛克式的各色楼房，建筑家们在这里摆开了擂台，争着、抢着在水城展示自己的才华。在圣马可大教堂广场，我和朋友因为急着要上一家咖啡厅的卫生间，不得不花上换算成 200 元人民币的欧元买了两杯冰激凌，但也刚好在异国体验一下被服务的滋味。

任谁都能看出威尼斯的前景并不乐观。建在水道边上的楼房，一楼往往不能住人，海水不断侵蚀着房子的内外墙壁，好像随时都有坍塌的危险，不知后人还能不能看到今天这样如诗如画的威尼斯水城啊！

在意大利游览的三天很快就过去了，基本满足了我的好奇心，但吃饭和上厕所的问题却把人折腾得不轻。这一路上，我们所交的旅行费，在欧洲只能是去中餐馆吃大锅菜。恰逢国内暑假，教师团、学生团往往都集中在八月中旬赴欧。一个只能供三十几个人吃饭的餐馆，一下子在三个小时内，要接待八到十个旅游团，这不光忙坏了餐馆的老板和厨师，就连餐馆的厕所也跟着“受累”。上个厕所每次都要排半个小时以上的队。这不就是放着好日子不过，上洋人这里来找罪受吗？不少人都说，早知道这样，说什么也不出来遭这份罪。再说那饭菜的品质也不高，每顿都是土豆、洋葱、卷心菜，那汤也像刷锅水，感觉哪怕生活条件一般的家庭也不吃这样的饭菜啊。当有人发牢骚时我就劝着说：“咱到欧洲来，是为看人家的历史文化的，为了满足灵魂需要，就暂时委屈一下也是可以的，有得必有失嘛。”

到意大利的第二天晚上，我们住进了远离城市的一家小镇旅馆，这大概又是导游为了省钱想出来的法子。房间的卫生间也就一平方米多一点儿，除了马桶哪还有地方站人啊。店主还是按政府的卫生要求，用塑钢板把淋浴室分隔开。这游客跑了一天不能不洗澡就睡觉吧。我侧着身子挤进了淋浴室，胡乱用水冲了冲就出来了。我大声地讲：“我的妈呀，世界上还有这么窄小的洗浴间啊，这刚够灵魂进去，没有身体的地方啊！”一下子就把朋友笑得前仰后合。第二天，我问导游：“卫生间为什么这么小啊？”导游说：“上次一个欧洲人，快开车了才跑来跟我讲他的太太卡在酒店卫生间的浴室里了！”真不愧是见过世面的国际导游，很会给自己的行为开脱，我就算长一次见识吧。

由于导游是一个需要了解环境和相关资源到位才能给客户提供服务的职业，门槛低但是上限高，从业的人多，竞争也很激烈。所以要想挣钱除了指望游客购物提成，就是降低食宿标准或减少去要门票的景点。这商品社会的一切思维都是围绕着挣钱转悠的。

从德国向奥地利行进的路上，明显地看到地理环境发生了变化。大巴车穿过了一座座高山之下的长长隧道，有的隧道有十几公里，一路上只见高山不见平原，有缓坡就有房屋和教堂，以及大片的牧场和悠闲的牛羊，俨然一幅美丽的田园风光。走了很久，没怎么见到白色污染。在环境保护和治理上，我们也要迎头赶上啊。

奥地利——音乐之都维也纳

来到了音乐之都维也纳，仿佛听到了奥地利作曲家约翰·施特劳斯的《蓝色多瑙河》。在这个有着近两千年历史的古老城市，想必曾经发生过许多动人的故事。在奥匈帝国的美泉宫里，茜茜公主依然是奥地利人的骄傲。她的后花园花团锦簇，好像时刻迎接主人在晨光中、夕阳下的到来。

莫扎特、舒伯特、贝多芬等著名音乐家，都是靠着维也纳如诗如画的自然风貌和艺术传统，创作出了传世之作的。

我和朋友，马不停蹄地奔波。在市中心的街道和商铺间，一种古朴的美感染着我们，让我俩几乎忘记了时间。

傍晚，集合的时间到了，我俩却迷了路，问了几个黄皮肤的亚洲人，但却一问三不知，原来他们是韩国人或日本人，听不懂中国话。没办法，我们只好凭着感觉走，别说还真猜对了，朋友不愧是开了多年车的老司机，方向感很强，不然到天黑再找不对路，就要耽误一车人的行程了。

奥地利小城——萨尔茨堡

第二天，我们来到了莫扎特的故乡萨尔茨堡。萨尔茨堡，是奥地利边境上的一座梦幻般的山城，也是电影《音乐之声》的外景拍摄地。山顶的萨尔茨堡大教堂和米拉贝尔花园遥相呼应，散发着独特的魅力。

夏天，在这座小城里，也能看到阿尔卑斯山脉的皑皑白雪，还有那静谧的多瑙河，像一面镜子，映照着梦幻般的城堡，让人不愿意离开。

西欧的美，正是我内心不断呼唤着的那种平静、和煦之美！

德国慕尼黑

又是六个小时的车程，我们来到了德国的城市慕尼黑。这是一个宝马、奔驰汽车遍地“撒欢儿”的现代化城市。慕尼黑的建筑简单明快，全然没有罗马和佛罗伦萨的古典风格，更没有奥地利的矜持和骄傲。在慕尼黑除了教堂，很少有建筑有悠久的历史，城市给人的感觉是一座很务实的现代化的都市。

我和朋友在看起来有些品牌的大街上的皮鞋超市，淘到了几双适合自己脚型的皮拖鞋和凉鞋，真高兴。我的脚是越来越大，已经穿 42 码的鞋了，男式的鞋子太肥，有些不合脚，看来有些德国女人的脚比我的还要大些，女士鞋还有 45 码的。我提着自己满意的“战利品”，兴高采烈地回到了集合地点，好像中了大奖一样高兴。

晚上，我和同伴一起喝了当地产的慕尼黑啤酒，旅行的疲劳一下子就被缓解了。

欧洲这边已经有二十几个国家加入了《申根协定》。就是你持有一国护照签证，就可以在协定国之间随意出入。这么来看，加入欧洲共同体的成员国，实现了一定程度的社会资源共享。从这个国家到那个国家，就像走亲戚、串门儿一样。

我们经过了五个国家，也没人检查护照，完全没有过国境线的感觉，就像从山东到江苏或者河北一样。

瑞士名表之城——琉森

那天到瑞士已是晚上九点多，连续一周的异国之旅把我弄得精疲力竭，实在没有精神再到湖边去喝啤酒，只好让朋友跟着唐山的旅伴一起去观夜景。

太累了！我很担心自己能不能好好地游完西欧，明天还要去琉森看看名表，若没点精神怎么逛店啊。

地处高山湖泊之中的钟表之国瑞士，是欧洲唯一幸免一战和二战战火的中立国。安逸静谧的高山、绿波荡漾的湖水，养育了这方水土的人民。瑞士能做到保持中立，不光要有清醒的政治判断，还要有一定的经济实力。

琉森是一座四面被阿尔卑斯山脉和天鹅湖包围的美丽小城。在天鹅湖边的山坳里，躺卧着马克·吐温曾提到的、世界上最悲哀的狮子。那是我见过的最富感染力的狮子雕像，它不像是一尊石雕，只要你看了那狮子一眼，就忘不了它释放出来的哀愁。我喜欢天鹅湖中那成群的白天鹅，悠闲自得游来游去的样子很可爱。看着湛蓝的天空、碧绿的湖水、洁白的天鹅和远方皑皑的雪山反射的太阳的光，我陶醉其中，真的很喜欢就这样安静地坐在湖边。

琉森也是瑞士的钟表之城。在这里，世界上的名牌表你都能看到、买到，仿佛是一个世界钟表的博览会。我们用五个小时的时间，专门来欣赏和采买自己喜欢的表。我看到一块带钻石的机械金表，标价是一千万欧元。我想这哪儿是表啊，表是看时间用的，这价格分明是艺术品了。我可没有这么多钱花在收藏和摆阔上，于是在细心地观赏那些昂贵名表后，我花了一千欧元买了几块老百姓能戴得起的手表留念。

我们这个团里的富人很多，有人光买表就花了一百多万元人民币。这下子可给瑞士人带来了商机，他们满怀热情地接待中国游客。我一下子想就起了之前的北京奥运会，也是让世界重新认识了中国啊。

游客一旦开始购物就会忘记时间，谁也顾不上谁，大家只好约定在大巴车上集合。离集合的时间还早，我就在路边的巧克力店买了一份昂贵的巧克力。然后在附近找了一家小酒吧，要了一杯瑞士当地的饮料，静静地欣赏天鹅湖，享受一下琉森的湖光山色以及和煦晚风。

谢谢你，瑞士的琉森！

法国巴黎

我们从瑞士的琉森出发，坐了八小时的大巴，下午四点到达了欧洲的中心城市——巴黎。

有着两千年文明历史的巴黎，像是文人笔下艺术与理性并存，还带着些许骄傲的少女。而美丽的塞纳河，就是这位少女的母亲。无数的诗人把各种的赞美词都送给了她们母女。我们坐上游船，观赏塞纳河沿岸的经典建筑和自然风光。怪不得这母亲会为女儿骄傲，那是因为女儿身上，有着无与伦比的智慧和才气。

悠长的塞纳河有如巴黎的历史，我不停地按着相机的快门，不想漏过任何一座饱含历史的建筑，它们宛如哲理诗一样让我迷醉。卢浮宫、巴黎圣母院、埃菲尔铁塔等，它们都经历了几个世纪的风雨洗礼，依然肃立如初。

当游船经过塞纳河边的休闲广场时，我看到几个当地人正在优雅地跳圆舞曲，岸上的人还冲着我们的游船大喊：“北京！中国！”我的眼睛又一次被热泪遮住了视线。一个几十年前，还被欧洲人所轻视的中国平民，今天能来到发达国家的一流都市做客，我们这个国家是做出了多少超常的努力啊！

在巴黎的市中心，伫立着举世闻名的埃菲尔铁塔，这是一座深灰色的庞然大物。广场上遍地都是来自世界各地的游客，那才叫“人类博览会”呢，什么肤色什么体形的人都有。

在夜幕下仰望巴黎圣母院时，我的脑海里竟然浮现出文学大师雨果的《巴黎圣母院》中那丑陋敲钟人卡西莫多抱着钟锤敲钟的情节。巴黎圣母院，这座华美的天主教堂，已经成为这座城市的代表。通过文学巨匠的大手笔，向世人诉说着人与人之间的故事。

巴黎曾是世界上相当富有的城市之一。金光闪闪的凡尔赛宫里，最让人印象深刻的是拱形宫殿顶部的巨幅油画，那一幅幅油画把法国的历史用线条和色彩描述给世人，宫殿里的装饰更是极尽奢华。卢浮宫就是法国人的“故宫博物院”，让珍爱艺术的游客钻进去就不想出来，我实实在在地“饱

食”了一顿艺术的大餐，那微笑的蒙娜丽莎和断臂维纳斯都近在眼前。临出卢浮宫时，我还选了几幅世界名画的复制品带回去留念。

这次到巴黎，我看得最仔细的就是巴黎的凯旋门和香榭丽舍大道，作为曾在山东费县仿建过凯旋门的建设者之一，我非常想看看原版是什么样的。在意大利的罗马，我看到了君士坦丁凯旋门，现在又站在巴黎人为庆祝民族独立修建的凯旋门前。此时我并不为费县的凯旋门比原版建筑逊色而沮丧，因为在遥远东方的革命老区，奋斗不息、争取自由的凯旋门精神被发扬光大，这是我们革命老区的骄傲和自豪。

大概是受到金融危机的影响，香榭丽舍大道已经失去了往日的繁华，看上去就像一条极普通的商业街，清清冷冷的街道伴着秋日的落叶。巴黎是拥有千万人口的国际大都市，但在绿化和市政管理上都没法和奥地利、瑞士相比。到处都能看到纸屑、烟头，街头巷尾也时时堆着垃圾，我觉得如果移民欧洲，最好还是不要选择巴黎了。

晚上，旅行团的梅导游请我们吃“法国大餐”。我只吃完第一道菜，就感到不适，这生冷的鱼虾蘸酸醋，真的不合我的胃口。巴黎的老佛爷百货，是中国游客排队买名包的老店。我不懂什么是国际一线品牌，也欣赏不了名包、名鞋，就是有人在我跟前说自己穿的是国际名牌，我也看不出什么名堂来。

巴黎的夜晚灯火通明，夜幕下见许多牵着小狗、嘴里叼着烟卷儿的女人在散步。这些描眉画眼、抹着艳丽口红的巴黎女人，看起来生活很富足。我感觉会享受生活的巴黎女人，是巴黎的另一张城市名片。

德国法兰克福

十天过去了，在欧洲游览的最后一天的下午，我们来到了德国的法兰克福。法兰克福在二次世界大战中，被炸成废墟，留下来的建筑只有教堂、医院和监狱。二战时，德国的年轻人大部分都上了战场做了炮灰。战后重建的任务，大部分就落在了女人和老弱病残的身上。如今，六十多年过去了，一个全新的法兰克福伫立在世人面前。

导游向我们介绍了德国政府的高税收、高福利政策，通过这一政策在一定程度上消除了当地人民的贫富差距，本质上还是一种资本主义国家的社会分配方式。

德国也是“德意志第三帝国”覆灭的地方。当年希特勒号召德国全民参战，妄想让日耳曼民族统治世界。在全人类都付出了极其沉痛代价后，大战终于结束。日耳曼民族，是一个自强不息的民族，他们前辈之所以走上了错误的道路，就是因为妄图用强权去实现自己的理想。

就这样，我在西欧六国的十二日游结束了。当归途的飞机在高空遭遇乱流而强烈震动时，机上所有人都为自己捏着一把汗，所幸最终平安脱险，感谢上苍垂怜。就这样，在七夕的晚上，朋友陪着我在北京首都机场的粤菜餐厅里过了我的五十七岁生日。多年来，我还是第一次这么长时间的与人同吃、同住、同游览。这次的西欧之行，也要感谢朋友对我工作上的支持。长久以来，我已经养成了少言的习惯，有时会很沉闷，只好让朋友多多包涵了。

难忘西欧之行。对我来说，这是一场圣殿巡礼，更是一场学习鉴赏之行。

二〇一〇年八月二十三日于临沂费县

俄罗斯及北欧四国游记

二〇一一年七月七日下午一点五十分，在北京机场三号航站楼，我们一行二十一人，乘坐中国国航的班机从北京飞往莫斯科。此次出游俄罗斯和北欧四国的是来自全国各地的游客组成的“散拼团”。里面有五个家庭和几个单独出行的人，年龄最大的是来自湖南长沙的八十一岁的老工程师。老工程师是一个人出行，没有子女或陪同的人。来自厦门的三位是六十岁左右的在职军干所人员；来自青海西宁、甘肃兰州的夫妇是男干部和女教员；从河北石家庄来的一家三口是第一次去体验外国风情的游客；来自北京的一家三口看起来是傲气十足的观光客，看他们的状态应该是已经出国游览过很多回了；辽宁本溪的四个人是农民企业家及家人；最后是来自天津的一位大款加上旅行社的徐导和他的女朋友，这人数是不多也不少，但人员却很复杂。这旅行团里有经常出游美国、澳大利亚的，也有首次出国的游客，反正上了飞机就是一家人，以后的十几天里就要同呼吸、共命运了。

俄罗斯莫斯科

莫斯科是我年轻时就非常向往的地方。

寓意深远的俄国油画、卫国战争故事里的保尔·柯察金、旋律好听的手风琴、莫斯科的克里姆林宫和红场、圣彼得堡的冬宫，还有年轻时看过的电影《列宁在 1918》，以及苏联歌曲《莫斯科郊外的晚上》，这些都让我记住了这个叫莫斯科的地方。

过去受条件限制，我只能在书里、画里看看苏联和后来的俄罗斯，今天能走出国门，去看自己梦里向往的国度，真是怀着几分感恩和激动。飞机途经蒙古的乌兰巴托，飞行约八小时后顺利到达莫斯科。我们二十一人由莫斯科的地导耶娃带队，乘一辆豪华大客车，去往五十公里外的市内酒店。

在酒店住下后，我在酒店的餐厅吃晚餐，吃了一碗面条，喝了一杯啤酒，就花了人民币六百多元，感觉莫斯科的消费比欧洲其他国家要高出很多。但出国就是为了感受生活的，你搂紧了钱袋子怎么参与体验和交流呢？

来到莫斯科的第一个重要观光景点，是红场和克里姆林宫。色泽鲜艳的红场围墙，有些近似于北京故宫，

宽厚雄伟，让人产生一种肃穆感。红场西侧，伫立着十月革命的伟大奠基者列宁的墓地。

这里原本是一个被沙俄皇帝统治了几个世纪的农奴制社会。十月革命一声炮响，赶走了沙皇，也给全世界的劳苦大众带来了希望。自十月革命以来，为了实现社会主义的理想，苏联、中国、古巴、朝鲜、越南等国家的人民付出了血与火的代价。

后来苏联解体、东欧剧变，我国在万难之中开辟了中国特色社会主义道路。站在宽广的红场上，仰望着色彩斑斓的东正教大教堂的钟楼，我有许多感慨。有一点是确定的，如果没有改革开放，像我这样的普通人，可能少有机会走出国门，当然也没法像现在这样亲眼看着红场。

俄罗斯是个横跨欧亚大陆的国家。莫斯科位于欧洲，同时它也是俄罗斯的政治、文化和工业中心。这里还有列宁图书馆，它是世界上最大的图书馆之一。

在莫斯科红场参观时，八十一岁的老工程师迷路了，大家只好分头去寻找，还好两个多小时后，在公厕里找到了老工程师。晚上，我们乘坐从莫斯科开往圣彼得堡的火车，前往位于波罗的海芬兰湾东岸的俄罗斯第二大城市圣彼得堡。深夜，火车慢吞吞地在东欧的原野上跑着。俄罗斯的铁路上普遍运行的都是时速一百公里左右的列车。这里铁路运营属国家所有，其他行业里也保留着相当数量的国有制企业，这也是当地政府调控经济发展的方式。

俄罗斯圣彼得堡

圣彼得堡是个由许多桥梁连接起来的水城。不论从哪个角度来衡量，圣彼得堡都兼具古典的优雅和现代的飘逸。这里文化艺术的积淀很深厚，在欧亚大陆上也称得上是一流的城市。

冬宫是沙皇的皇宫，十月革命后成为艺术博物馆。冬宫内收藏的艺术品价值难以估量，据说展览线路的长度加起来有三十多公里，是世界上最长的艺术长廊。

我去过巴黎的卢浮宫和凡尔赛宫，也见过奥地利的夏宫，再来看俄罗斯的冬宫和夏宫，就发现欧洲的皇室宫殿有着许多相同之处。偌大的花园和狩猎场及举办酒会的大舞厅，在规格上是大同小异的。特别是圆拱形的内壁油画，都同样有着浓厚的宗教色彩。

宫殿里是平民难以想象的奢华生活，背地里是为争夺皇权惨无人道的骨肉相残，这样残酷的事情在沙皇二世的年代更是普遍。看到了人类建筑和艺术的辉煌，又想到封建贵族的罪恶与丑陋，这就是我当时的复杂感受。

圣彼得堡的当地导游小马是个中国留学生。他介绍当地情况时说：“在俄罗斯，只要你办了绿卡，就可以享受政府的各项惠民政策，医疗教育不用掏钱，水、煤气、暖气全部免费，租房

有百分之五十的补贴，只是自己要交电费。”看来，这里虽然生活消费比国内高出很多，但过起日子来感觉并不是那么累。

圣彼得堡冬天的夜很长，大约到上午十一点时天才亮，夏天是昼长夜短，晚上十一点天色还很亮。同团的人们纷纷感慨，应该多出国几次，感受教堂的庄严和肃穆，体验现代城市管理的整洁和休闲。晚上，在圣彼得堡的皇家歌剧院，我们观看了由俄罗斯芭蕾舞团表演的传统芭蕾舞剧《天鹅湖》。能在芭蕾舞广泛普及的国家，看原版的《天鹅湖》，确实是一种特殊的享受。那优美飘逸的白天鹅，仿佛把我带入了伊甸园。

俄罗斯是文学大师普希金的故乡，我曾读过许多他的作品，对我认识社会起到了重要的作用。我也怀念列宁等老革命家所创造的苏联，以及这“红色的巨人”还被世人称为“乌托邦”的时代。

三天的俄罗斯之旅结束了，温暖的大巴车载着我们驶向芬兰的赫尔辛基。大巴车走了大约三个小时，到达了芬兰与俄罗斯的国界，经过严格的过境检查，客车行驶在了芬兰的土地上。

芬兰赫尔辛基

进入芬兰后，就有了西欧国家的感觉。可能因为国土面积小好管理的缘故吧，在芬兰，窗外的树木往往很整齐，草场也修整的十分规范。芬兰是个千湖之国，有三分之一的土地在北极圈内。芬兰的造纸业出口仅次于加拿大，位于世界第二。芬兰属于欧元区国家，也是我们此次旅行中，唯一使用欧元的国家。

芬兰首都赫尔辛基建在丘陵起伏的半岛上，两岸是美丽的海港，并且被几十个岛屿环绕着，市内的湖泊星罗棋布，周围是茂密的森林。芬兰地处高纬度，夏季的光照时间达二十个小时，赫尔辛基被称为“太阳不落之城”。

来到芬兰首都赫尔辛基，我们住在一所地处丘陵之上的酒店里。这里整洁安静得让人惊讶，比西欧的许多酒店都讲究得多。电子彩屏的叫醒服务和详细的酒店用品介绍，也是我所到的酒店中少有的。

团友们都想在这里多住几日，但那是不可能的，我们每日的行程都有安排，导游也没有权力调整。

站在高高的瞭望台上，举目眺望这美丽的千湖之国，感受着远处星罗棋布的岛屿所带来的新奇感，狭长、紧凑、色彩斑斓。古典和现代结合的北欧风情，让人如痴如醉。这叫酒不醉人人自醉，醉在如诗如画的芬兰。

在芬兰，来自北京的一位团友突发急性阑尾炎，在芬兰当地医院用了三个小时就做好了手术。还好这位团友没有因此脱团而带来更多的麻烦。

在芬兰，我感受到前所未有的安静和舒适。晚上睡觉时，我穿着牛仔裤和薄毛衣，盖上被子，真的很安逸！我喜欢赫尔辛基港口的小集市，很随意也很亲切，买一顶帽子做个纪念吧。我永远不会忘记你——北欧水中的美丽城市。

挪威奥斯陆

按着旅行社的路线要求，我们乘六个小时大巴到达了瑞典的首都斯德哥尔摩，然后从斯德哥尔摩的港口，乘坐大型海上游轮去挪威的首都奥斯陆。

在这艘豪华的特大游轮上，团友们都非常兴奋。晚上九点钟游轮起锚了，大家争先恐后地奔向甲板。游轮共有七层，建有游泳池和酒吧、舞厅，这在国内是不多见的，我因为感到很疲劳，就独自留在客舱的铺位上睡觉了。这次北欧之行是飞机、火车、轮船、汽车都感受了个遍。北欧的海上交通很发达，如果没有随团游览，完全可以白天观光、晚上乘船，这样既方便、经济又安全舒适。

挪威是北欧的重要国家，挪威这个词的原意是“通往北方之路”。挪威的国土海岸线曲折，峡湾密布，沿海的岛屿和岩礁就像一条断断续续的带子，据说有十五万个左右，被称为“万岛之国”。挪威是世袭君主立宪制国家，国王统帅军队并提名首相人选。

我们参观了奥斯陆的雕塑公园，其中散布着一百五十组雕像。我能感觉到，这些铜雕和石雕，被作者赋予了引导人们正确认识人生意义的使命。其中一组雕塑，表现了人从出生到少年、青年、中年，直到老年的自然过程。雕塑家把不同年龄的人体细节塑造得特别逼真，就像一个活生生的人站在参观者的面前，这组雕塑给了我很大的震撼。

我想起曾经读过的日本小说《挪威的森林》，我读过两遍，但现在只记得小说的名字。来到挪威，我实实在在地看到了随处可见又十分茂密的森林。我们从奥斯陆驱车六个小时，来到了举世闻名的峡湾。路途中有许多隧道，有的隧道长达五十公里。绵延起伏的山间公路上，两车对开时都必须特别小心，所以车速很慢。

这一路大家对徐导有许多意见，嫌他太懒，不主动介绍各个国家和城市概况，对老人也不够关心，车厢内一时间你一言我一语地开起了批判会。我心里对这个徐导也很有意见，估计旅行社认为我们这是“散拼团”，人数也不多，就临时把徐导这个对北欧不熟悉的“懒鸭子”给赶上了架。我建议徐导给大家放些片子看，于是徐导给大家放了电视连续剧《潜伏》。这样一来，想在车上睡觉的就睡觉，不睡觉的就看电视，就没再开什么批判会了。在通往峡湾休息点的小商店里，我相中了几件围巾和披肩，质地和色彩都很好，也算是到挪威旅游的纪念吧。

挪威是作家易卜生的故乡。易卜生的作品《玩偶之家》代表了欧洲批判现实主义作品的高峰。在挪威，我们用两个小时的时间乘游艇，欣赏了峡湾的两岸风景。感觉峡湾的风景，很像中国的漓江或三峡，只是两岸雄伟的山峰更险峻一些罢了。峡湾的两岸有一些小村庄，每个村庄都有自己的教堂和钟楼。山坡上的羊群，在悠然地吃草、嬉戏，岸上的牧民向游客挥手示意，那种悠闲与祥和让人平静。游艇上的游客来自世界各地，但还是以欧洲人居多。大家都忙着观景和拍照。这一路有挺拔的大山和美丽的峡湾相伴，不知不觉间就度过了一个值得怀念的下午。

告别了峡湾，又要驱车四小时才能到达下一个中转站。来回跑了十个小时就为了看一看峡湾，每个人在满足之余都略有遗憾，感觉峡湾景区有点单调。但是，来挪威又没有去峡湾，只会更遗憾，总之就是很纠结。在离瑞典哥德堡一百多公里的码头，我们乘上客轮，二十分钟后到达了丹麦的首都哥本哈根。北欧的地理环境就这么特别，为了省时间节约成本，我们已经出入瑞典三次了，好在不用办理任何出入境手续。

丹麦哥本哈根

丹麦是北欧最小的国家，也是童话大师安徒生的故乡。我小时候看的《丑小鸭》《卖火柴的小女孩》《皇帝的新装》等童话都是安徒生的作品。丹麦首都哥本哈根是北欧最大的城市和北欧著名的古城，同时也是丹麦的经济文化中心及内外交通枢纽。

在丹麦著名的海滨公园，我们冒着细雨去海边欣赏了美人鱼铜像。这可是举世闻名的美人鱼啊！她是智慧和善良的象征。我还看到了一组海的母亲和她的四个儿子的铜像。传说是他们用自己的生命与恶势力争斗，保卫了国家的安全，后人为了纪念他们于是就创作了这组铜像，以供人们来瞻仰。在海滨公园里还有一处古城堡——克里斯蒂安堡宫，它沿着海岸线建设而成，其中耸立着一座尖塔。古堡里有穿戴着古典军装的卫兵，他们友好地欢迎宾客并与游客拍照留念。

这次北欧之行的自费项目很少，除了俄罗斯圣彼得堡的冬宫、夏宫及芭蕾舞和峡湾的游船，其他的游览景区都是免费的。在哥本哈根，同样有一条类似于法国巴黎和圣彼得堡的商业街，沿街都是卖油画的摊位。那些摆摊儿卖画的人，都是自画自卖的北欧画匠。看着那一幅幅人物、静物油画，有几幅是我喜欢的，每幅画的价格在人民币五百元到上千元不等。想到带着油画旅行会很不太方便，我也就只能多看几眼了。在路上我就想，如果考虑移民去人气旺、气候条件舒适的地方，那么哥本哈根也是个不错的选择。

瑞典斯德哥尔摩

瑞典是著名化学家诺贝尔的故乡，每年的十二月十日，都会在瑞典斯德哥尔摩和挪威奥斯陆颁发诺贝尔奖，以表彰在物理、化学、经济、和平、生理学或医学以及文学上“对人类作出最大贡献”的人。斯德哥尔摩市政厅中蓝厅因每年举办诺贝尔颁奖晚宴而备受关注。在蓝厅，人们没有看到蓝色的东西，而是看到整个建筑都采用了红色的砖头，红色砖头之间是很考究的填缝工艺。蓝厅里的壁画非常的别致，有一组壁画表现了人从生到死的过程，告诫人们要珍惜生命。作为瑞典国民，只要你愿意出两万瑞典克朗，就能预约在没有重大节日的周末使用蓝厅来举办私人活动。我在西欧、北欧去过许多著名城市的市政厅，印象最深、最好的就是斯德哥尔摩的市政厅。

瑞典的森林资源和水资源都很丰富，像其他北欧国家一样，人民的福利待遇很高，有终生免费接受教育和免费医疗等政策，这是很多欠发达国家的人民所羡慕的。瑞典的首都斯德哥尔摩，被人们称为“北方的威尼斯”。城区内水道纵横，大大小小的岛屿由数十座大桥连在一起。斯德哥尔摩的地下建筑规模居世界前列，一旦发生战争，这些地下建筑又可以用来保护民众。

瑞典哥德堡

哥德堡是瑞典的商业和教育中心，著名的查尔姆斯理工大学和哥德堡大学就在这里。十七世纪，大批荷兰商人迁居此地，展开了频繁的商贸活动，直到现在哥德堡还保留着许多荷兰风格的建筑。到了这里，为期十二天的旅行就结束了，这一路舟车劳顿，感觉自己最大的收获反而是躲过了国内最热的三伏天。我感觉，适宜的温度才能给人创造思考的绝佳环境。在意大利的佛罗伦萨，我就产生过类似的想法。天气太冷，血液流通变缓人会缺乏激情；天气过热，人会烦躁稳不住情绪。只有在适宜的气温下，人才能开展创造性工作，当然这也只是针对大多数人。

感觉这趟旅程的吃、喝、住、行都安排的比之前的西欧之旅好。一路上没有排队等着吃饭或者排队上厕所的情况。我特别喜欢北欧的气候和北欧人的安静，感觉到国外去，就是一种散心和学习，体会不同的文化。现在交通都很便利，要是有机会，我还是要多出去走走。

二〇一一年七月二十一日于济南

朝鲜之旅

我们跟随旅游团从珲春市圈河口岸进入朝鲜，大巴车穿过越过图们江大桥，就到了我此生一直想去看一看的朝鲜，不一会我们就进入了朝鲜对外开放的城市——罗先。

在没有到达圈河口岸时，周导就一刻不停地对游客进行突击教育。他非常严肃地说：“大家可听好了，如果谁违反规定，到时不能按时回国，压在朝鲜海关上，别怪我事先没给您说明白。第一，进入朝鲜境内前，电话手机一律存放在中国海关指定的存放点。第二，在进入朝鲜海关时，照相机要统一检查，相机里面不能有淫秽图像。从朝鲜出关时会再次检查相机，不许拍摄朝鲜境内任何涉及当地人民生活的照片。第三，入境

后按指定路线游览，每次见到领袖像都要鞠躬，不要跟当地导游之外的朝鲜人交流，不允许直呼朝鲜领袖的名字，领袖的名字前面必须加伟大领袖或将军、统帅的尊称。第四，不要随意发表对朝鲜的看法，以免引起政治纠纷。”导游又提到，曾有浙江的一个暴发户，对朝鲜导游表达类似朝鲜需要经济改革才能快速发展的观点。结果在出关时，这位暴发户就被关在小黑屋里，写了三十多个小时的检查。大家都是出来玩的，千万不要给自己找麻烦。

在通过朝鲜海关后，我们上了当地旅行社派来的中巴旅游车，朝鲜的年轻男女导游轮番上阵，给游客介绍朝鲜的社会状况，带着大家一起唱中朝歌曲。不一会儿车厢里就响起了《阿里郎》和《社会主义好》的爽朗歌声。感觉朝鲜最吸引我的是当地的“三免”政策。即住房免费，城乡居民由国家分配住房；教育免费，国民从幼儿园到大学没有学费，毕业后由国家分配工作；医疗免费，实行全民免费医疗。

朝鲜是个贫油国，各种资源相对比较匮乏。公路大多还是以非铺装路面为主，汽车一过便尘土飞扬。隔着车窗，我看到当地人出行还是以步行或自行车为主，乡镇之间的货物运输还有靠牛车的。这一路我又看到，当地人往往在集体农庄或工厂附近居住，这倒是少有长距离通勤的烦恼。有饭吃、有衣穿、有房住、有学上、有活干，生了病就去卫生所吃药、打针，大家的生活水平几乎一致，还会有什么不满足呢？我觉得人类的纠纷，大多来自争霸和不均。其中不均在本质上还是发展不平衡，这种不平衡又拉大了贫富差距，这就导致社会的发展是由各种欲望所推动的。在这样由欲望推动的社会里，善与恶、好与坏共存共舞。眼前的朝鲜则是通过制度打破了这种不均，你有的东西我也有，我们都没有的东西可以通过劳动去获取。

在当地大型广场和标志建筑的醒目位置，往往都有朝鲜领袖人物的照片或宣传标语。我就记下了这样一幅巨大的标语："永远沿着伟大领袖金日成指引的社会主义道路前进，千秋万代永不改变！"朝鲜的街头巷尾，干干净净的没有什么垃圾。民众的服饰简朴洁净，没有绫罗绸缎，更没有破衣烂衫。和很多西方国家不同，在朝鲜没有光鲜亮丽的富绅，也没有沿街乞讨的乞丐。中午，我看到一行干完活后正在吃午饭的农民，他们围在一起有说有笑。这景象让我想起了自己在二十世纪七十年代的内蒙古的边陲生活，当年的我不也是这样吗？那一瞬间我才明白，这是那个哺育我们成长的社会主义大家庭所特有的东西，它在我的时光里，也在我的血液里。

虽然经济相对落后，在社会发展上，朝鲜却有着社会主义国家的天然优势。在这里孩子们可以在大街上、公园中随意玩耍，不会有什么可怕的儿童拐卖或者突发枪击事件。人们赶着慢悠悠的牛车，过着自力更生的日子。我在想，从个体的角度来看，这环境难道不比拼命消耗自然资源的所谓发达国家的环境更好吗？在朝鲜，我们吃住行都很正规，真正享受到了游客的待遇，没有在一些发达国家旅游时被刮油耍弄的感觉。导游也认真地陪同每一组游客。其中，最大的亮点是朝鲜小朋友的精彩节目，那种对领袖发自内心的热爱，那种真实而质朴的情感，不由得让人热泪盈眶、身心感动。我认为就是中国一些电视台的少儿节目，也比不上这群朝鲜小朋友的表演精彩。人世间最可贵的就是真实。

后来当地导游安排旅游团在琵琶岛上住宿。这静寂的小岛上，平日少有游客光临，餐厅所需要的海产品都产自附近的海里，附近没有什么海水养殖。因为岛上不种植蔬菜，提供给游客的配菜只有海带、豆腐、土豆、洋葱。不过晚餐的海带汤很好喝，配料简单又不油腻，属于健康食品。琵琶岛上很幽静，那天正逢周末，我看到有三三两两的当地人来岛上钓鱼。

面对辽阔而平静的海洋，沙太的精神得到了充分的放松。之后我们参观了朝鲜的画展，欣赏了不少朝鲜著名画家的作品。还看到了金日成主席曾亲临过的化工厂、食品加工厂。下午，在经过两个半小时的出境检查后，我回到了中国的土地。大多数游客都长舒了一口气，说是总算可以随意拍照了！在口岸的存放点，有人问我去朝鲜有什么感受。我回答道当地资源这么匮乏，还能让国民保持一定的生活水平，真是太不容易了。

二〇一四年七月二十九日于济南

美国、加拿大、墨西哥

感谢上苍，让我还能借着黎明的一缕光，讲述昨日发生的那段不同寻常的故事。

那天中午，在加拿大的中国驻蒙特利尔总领事馆，我和旅游团的陈导来到了领事馆办事大厅。负责办理证件手续的工作人员是位五十多岁戴眼镜的先生，他略带严肃地问：“谁能证明你的情况吗？”我仿佛是从丢失了护照及随身所携带的贵重物品的疑惑中一下子反应过来，是啊！我到底是谁啊？于是陈导把从国内出发前准备好的护照复印件，交给工作人员确认。之后，我才继续陈述自己刚刚在唐人街的自助餐馆财物被盗的事。

几经磋商，年轻的驻加大使从远处赶来，帮我办理了临时通行证，并由陈导临时出资为我买了张回国的机票。历时四十多个小时，直到五月九日的清晨，我这个“疯老太婆”才回到已离开十五天的家。

这次美国、加拿大、墨西哥三国之行，似乎从开始就注定就不会顺利。临出发的前几天女儿和外孙们从新加坡回到济南，因为二外孙需要来济南治疗结肠。作为姥姥的我，本应该留下来与女儿一起照顾孩子，有什么能比外孙的健康更重要呢？但考虑到在老家能帮女儿的人也不少，而我去美国、加拿大旅游的念想已经有了十几年，这次光办理签证来回就折腾了两个月。就这样我心里带着对孩子的牵挂坐上了去北美的飞机。大概是自己总惦念二外孙的病情，我这一路上心里总是忐忑。等自己在蒙特利尔丢了包，被迫提前回家，才得知二外孙已顺利动完手术回到家里休养了。

女儿和二外孙经历了生命中的非常时刻，随之而来的就是个人的成长。经过这次波折，家人也各自承担了他们应该承担的义务、责任。生命就是这样，想得到就必须付出，我这“疯姥姥”这次欠下了女儿、二外孙一笔不小的“债”，将来一定要好好补偿家人。

美国夏威夷

夏威夷可真是个休闲度假的好去处。夏威夷的海域紧连着太平洋西岸，是世界帆船比赛的驻地。世界帆船比赛为什么会选择夏威夷海域呢？据说是因为在夏威夷周边的海域里有很多海沟，这样的海域往往会有大浪，能给帆船表演增加不少看点。导游严肃地告诉大家，谁也不许下海游泳，因为夏威夷每年都有游客被湍急的海浪夺去性命。

夏威夷的海滨大道，可媲美纽约第五大道。繁华的国际购物广场，能满足各国游客的购物需求。我坐在海滨大道的休息凳上，看着川流不息的各色游人，领略着太平洋西岸热带海洋城市的风情。值得庆幸的是，在夏威夷海滨大道的店铺里，我淘到了一幅由菲律宾画家创作的夏威夷海景画。自己画画多年，随着时间的推移发现自己更加喜爱风景画。我觉得自然是永恒的，任何一种大自然的倾城之美，人们都只能暂时欣赏。

赌城——拉斯维加斯

在美国从事接待华人旅游业务的大多都是旅美华人。这次因为业务疏忽，地接导游犯了个不小的错误。我们这个团是个散拼团，三十六个人来自八个地方。改革开放后，老百姓生活宽裕了，有些人就愿意拿出些积蓄到世界各地走走看看。这些能走出国门的人，都不是吃闲饭的，遇上事儿都能给自己叨唠出个理儿来。我们乘坐班机，从檀香山飞到洛杉矶。导游说十分钟后就有专车拉着我们去赌城拉斯维加斯。我们在乘车点等着上专车，谁知这一等竟是六个小时。

刚开始还行，导游说车一会儿就到了，大家你看我我看你的，谁也没说啥。两个小时过去了，还是没见车的影子。来自东北鞍山的几位大爷就骂上了："你算个什么玩意儿啊？拿老子来美国洛杉矶开涮来了！快说清楚点儿，这一会儿到底是一天呀还是半个月呀?”导游吓得脸色发黄，赶快去给总部打电话联系。整整打了四十多分钟，鞍山的大爷们等得不耐烦了，撸起袖子就要打导游。幸亏有几个部队上的干部上前劝着、拦着。事情最后总算弄明白了。原来是旅行社地接刚换了个新人，调车时告诉司机，这是去赌城拉斯维加斯的国内旅行团，让司机去机场接人。司机就直接到了拉斯维加斯的机场，到了机场后给导游打电话说车已到机场，等弄明白是到错了机场时，已经过去了四个小时。鞍山的大爷们可不是好惹的，横竖就是不上车。旅游公司只好每人补偿一百美元，那几个大爷嫌钱太少，部队上的干部和我就干脆都没收补偿，把那几百美元给了那几个火气最旺的大爷。

刚出国门的第二站，就遇到了这么邪门的事儿，我心里咯噔一下，料定这场旅行不会太顺利。位于沙漠边缘的赌城拉斯维加斯，是全球著名的豪华而奢靡的城市之一。拉斯维加斯最早是用来开采银矿的西部之城，后来被美国政府和富商开发建设成世界上最大的赌城。

我们住在赌城拉斯维加斯价格便宜的宾馆里，与其说是宾馆不如说是地下室更合适。早点由当地华人服务员给送到房间里，每人一个鸡蛋、一个馒头和一包豆浆。地下室的标准间又小又潮湿，像是好几辈子也没见过阳光，一股霉味直冲心脾。团员们都觉得是导游在寻机把损失的钱给赚回去，也对，羊毛出在羊身上啊!

那天，我们跟着地导穿梭于当地的大街小巷，晚上去威尼斯酒店看演出，之后在灯光广场看音乐喷泉。所到之处看到的大多数游客，都是来自中国大陆的。威尼斯酒店是这里数一数二的大酒店，奢华的让人眼花缭乱，里面的消费水平也让普通人望而却步。据说如果游客在酒店的赌博金额到达一定的高度后，就是在酒店白吃白住一个月也没人撵，而普通游客在威尼斯酒店住一晚上就要四千元人民币。

赌城的夜晚灯火辉煌、人头攒动，十分的浮躁和无聊，这里也似乎没有任何信仰，像是心灵的荒原。

洛杉矶星光大道

美国洛杉矶是加州最大的一座城市，也是美国西部最大的艺术之城。这次导游给我们精心挑选的酒店更是“别具特色”。

我们被大巴车拉着，“冲”出洛杉矶市区一个多小时，在一片墓地的中心地区停了下来，住进了专门接待逝者家属的宾馆。宾馆的设施倒是很讲究，一律都是黑色的，就连壁画也是悼念逝者的内容。我刚刚送走了两位亲人，悲痛之余再感受一下这肃穆的气氛也没什么，其他团员白天玩得太累，到了酒店倒头就睡。第二天早上有人出去散步，这才明白自己是睡在了墓地附近。出了国门，交给旅行社的钱又不够享受更好的待遇，只有任导游“宰”的份儿了。何况在洛杉矶机场，鞍山大爷们又没给导游留一点儿面子。

晚上睡墓地附近似乎也不影响白天的游玩。大家参观了好莱坞环球影城，被这里逼真的拍摄场地所震撼，在好莱坞环球影城，许多道具都是真的。这一路上还有星光大道，星光大道的地板上布满了青铜镶边的粉色五角星，每个星星上都有名称，据说名称里有演员、音乐家、导演、制作人、音乐组合乐队等。修建星光大道是为了纪念上述群体对娱乐业的贡献。整个星光大道人来人往，街道给人的感觉是时尚又古典。

有个旅居洛杉矶的华人男士说长春的世纪影城是剽窃环球影城的小儿科，我毫不客气地回了他，“不要以为自己在美国生活了几年，就以为你是美国人了，还忘了祖宗!”我虽然去了一些国家，看到了人家的许多长处，但从骨子里还是觉得自己的祖国是最好的，听不得别人说祖国的坏话。旅游团最火爆的项目，就是去洛杉矶的奥特莱斯购物城。在奥特莱斯购物城，人们争相购买过时了的减价名包和品牌服装，好像不要钱一样，这里比国内便宜了不少，但大多都是在中国大陆生产的。人就是很奇怪，好像美国的过时货就很吃香一样。

科罗拉多大峡谷和西部部落

按着十四日游的日程安排，我们来到了专门为游客修建的西部部落。这里是仿照几百年前土著人的风俗习惯而建造的。剽悍且皮肤黝黑的土著男人，骑在膘肥体壮的马上，好似一副古典骑士的装扮，真有几分西部部落的感觉。自从离开了内蒙古的大漠，我再也没骑过马和毛驴，想想以前戴老三儿的毛驴没有鞍子，磨得人两腿生疼，我就放弃了再去骑马的念头。科罗拉多大峡谷位于美国亚利桑那州的西北部，科罗拉高原的西南部。这个大峡谷是科罗拉多河的杰作，科罗拉多河起源于科罗拉州的落基山，最后在加利福尼亚州的加利福尼亚海湾入海。科罗拉多在西班牙语中是红河的意思，因为河水奔泻中卷着大量的红泥沙，故得此名。不管这条大峡谷是怎么来的，今天看上去绝不负其“天下第一大峡谷”的盛名。

这条大峡谷太壮观了！在美国西部荒芜苍凉的原始穹苍中，隐藏着这样一条被大河冲刷出来的深沟大壑，同时这里也是各种野生动物的天堂。在美国，科罗拉大峡谷公园仅次于黄石公园。我们去时是五月，美国北部刚从寒冬中苏醒，植被萧瑟，没有见到什么动物，只见到了几只黄羊。

尼亚加拉大瀑布

在美国和加拿大的边境线上，有一座安静秀丽的小城——水牛城。从这美加边境水牛城观望世界第二大自然景观的尼亚加拉大瀑布，真是一种人生享受。

尼亚加拉大瀑布是世界上第一大瀑布，也是世界上七大奇特景观之一，大瀑布的宏伟壮观让人敬畏和震撼。呈现在游客面前的大瀑布，如倾天而降要把人淹没卷走的海啸，落差百米的强大冲击波，发出惊雷般的巨响。在瀑布前我也沉思良久，这里真是值得长久驻足的宝地，这一行观此一景就深感值了！

加拿大

虽然现在是五月，加拿大的多伦多和渥太华等地还是寒风萧瑟，没有一点儿春天的影子。这次的导游是多伦多大学毕业的，他带我们来他的母校多伦多大学逛了一大圈。就像欧美的其他名校，多伦多大学的文化氛围也很足。

多伦多是座大学城，坐落着多所教育名校。因为一年中只有三个月是春暖花开的温暖季节，这里城市的大厦，都用地下走廊连接起来了，形成了一个完整的地下步行循环道。这是加拿大独有的一道风景。

原先参加去其他国家的旅游团时，大家总抱怨随团导游太懒，不主动介绍游览国家的情况。这次的随团导游来自中国台湾，三十多岁，嘴巴很勤快，一路上介绍个没完，把加拿大的基本情况说了个遍。原来英国和法国还为争夺加拿大这本地发生过战争。最后双方让步，把加拿大分成了英属区和法属区，多伦多和渥太华都属于英属区。

位于蒙特利尔和渥太华之间的千岛湖，是北美的度假天堂。加拿大的千岛湖不同于中国新安江的千岛湖，这里的建筑别具一格，极具艺术价值。

加拿大的蒙特利尔是法属区，城市的居民大多都是法国移民，蒙特利尔的官方用语是法语，就连广告用语和报纸书刊也全是用的法语。当我们走进蒙特利尔时，迎接我们的是一阵阵急促的救火车鸣笛声。来自四川的大妈还以为是唐人街着火了。这唐人街倒是没着火，结果午餐时我的背包被偷了，没有证件的我只好停止旅行，还好，那天丢证件时我们的十五日游已经进行到了第十二日。

在加拿大的多伦多、渥太华、温哥华、蒙特利尔，我们是用车来当脚，丈量这个幅员辽阔、人烟稀少的寂静国家的。加拿大到处是树木、湖泊，有些地方每年冻土期有八个月，只有四个月气温才稍高一些。加拿大是个生活节奏很慢，适合养小又养老的高福利、高税收的国家。这里少有重工业，基本依靠进口商品来满足国民的日常需要。

墨西哥城

墨西哥，它给美国和加拿大提供了充足的农产品和初级工业品，自己的人民却在脏、乱、差的环境中勉强度日。墨西哥城是墨西哥的首都，也是世界上海拔相对较高，而人口超过两千万的都市之一。墨西哥城也是西半球最古老的都市，古印第安人的文化起源地。

蒂华纳是美国和墨西哥三千多公里边境线的起点。在蒂华纳边境线的大桥上，众多衣着褴褛、蓬头垢面的妇女儿童排列在边境线上，发出哀切的乞讨声。导游嘱咐说："我给你们先说下，谁也别发慈悲，在这里一不小心财物就会被哄抢！"我们在蒂华纳，正赶上工人举行大罢工，罢工游行的队伍把马路堵得水泄不通。我们在忍饥挨渴中度过了墨西哥之行，这是我在旅途中见过的最脏、最乱的国家。世界就是这样的不公平。一边是富得流油的超级大国，另一边就是无比落后墨西哥。世界第一的超级大国，怎么就忍心看着邻国人民还如此贫困啊？弄得我心里很不是滋味。

结束这次的旅行，六十多岁的沙太心满意足，以后就老老实实当寻常百姓吧，不要再到处"撒野"了。知足吧，上苍赐予沙太的已经很多了！这次去美国的另一个目的，就是去华盛顿看看内蒙古的战友，谁知却因护照在加拿大丢失了，无法继续旅行。没有护照就出不了加拿大海关，也进不了美国海关，根本去不了华盛顿，也就见不了战友。

回国后是一连几日的奔波，办理银行卡挂失和补办新卡，补办身份证和护照，买新的手机、提包、相机等物件。人是回到了济南，可这次旅行所制造的影响却一直还在，我只能慢慢地平静下来。

人生多有不顺事，再多一事又何妨？想想这次赴美之行的收获还是很高兴的。美国的秩序、加拿大的安静、墨西哥的质朴，都能让我牢记。光世界七大自然奇景这次就看了两个，还有那印第安人的美丽故乡。宏伟壮观的尼亚加拉大瀑布，丰沛浩瀚的巨大水流从伊利湖滚滚而来，以银河倾倒之势冲下断崖，气势磅礴、震耳欲聋！

还有在加拿大的总督府，沙太在绿地拍照和休息，居然还被安保人员盘问。真好笑，一个六十多岁的老太婆，还有啥本事当特工啊？那渥太华的千岛湖也是值得驻足细看的。据说当年在蒙特利尔法国人和英国人还争夺过水獭皮，没想到当年这里的皮草贸易居然这么发达。

沙太一直觉得，再华丽的文字也逊色于大自然的鬼斧神工。人啊，在美丽坦荡的自然景色中环游时，一旦想到自身的种种不足就会有一种羞愧感，愧对自然对自己的恩赐。

二〇一五年五月十六日于济南

越南下龙湾

从广西的边陲小镇东胜，到越南的边陲小城芒街，中间只隔着一块界碑。怪不得说中国和越南是同志加兄弟的关系啊！

我们随旅游团来到了越南的下龙湾。下龙湾是越南北部湾的一个海湾，有“海上桂林”之称。一九九四年，联合国教科文组织将下龙湾列入世界自然遗产名录中。下龙湾也是世界七大自然奇景之一，与美国加拿大边境上的尼亚加拉大瀑布齐名。在越南语里下龙湾就是龙下海的意思。

下龙湾有近四千个千姿百态的岛屿，最为奇观的是那些伸出海面的、锯齿状的石灰岩立柱，还有一些熔岩洞穴，形

成了一幅幅精致的画面。下龙湾不愧是世界上最美的自然景观之一，集各类山水的美景于一体。一边观赏这样的美景，一边品尝低价的海鲜，让我们在下龙湾的旅行中特别舒心。

越南矿产资源丰富，地形狭长，西高东低，最高山峰是黄连山主峰，东部地势平坦，河网密布，海拔很低。越南当地的导游对中越的历史很熟悉，说话含蓄又风趣。年轻的导游说越南有三“瘦”，一是道路“瘦”，越南的公路一般只有两车道，弯弯曲曲的公路把城市和乡村连接起来。二是房子“瘦”，越南的土地实行一次性购买永久拥有制，所以购买土地不是件很容易的事情，人们就会尽力在自家的土地上多盖几间房子，这样就有了许多又瘦又高的楼房。三是人“瘦”，因为越南地处北回归线以南，高温多雨，人们每天都在出汗减肥。如果中国游客有想减肥的，那就留下试试吧，说不定能减肥成功。

越南是个典型的南亚国家，在近代史上屡遭日本、法国和美国侵略。但越南人民很了不起，经过浴血奋战和社会主义阵营国家的帮忙，终于赶跑侵略者取得国家独立。看那芒街边境上，越南边民正匆匆忙忙地搬运货物。对百姓而言，走到天边都是一样的，还不都是为生计奔波吗？看着中越边境线上，那些扛着大包小包攒动着的人群，我仿佛回到了二十世纪八九十年代的淄博和常熟的服装市场，当时在那里辛劳劳作的人群里，正有三四十岁的我啊！

二〇一五年六月十八日于济南

遥看青瓦台

从济南到仁川，直飞只要一小时四十分钟，真是很方便了。

这次我参加的是旅行社组织的团体游。说是由济南人组团，其实是以长清、泰安、聊城人居多，济南的游客只占三分之一。现在是旅游淡季，每位去韩国双飞六日游的客人只交980元，感觉连飞机票钱都不够。这旅行社也没咋费劲就组出了济南直飞韩国六日游的四十五人的大旅行团。

二十世纪七十年代中期，我被朝鲜电影《卖花姑娘》感动得泪如雨下。电影中的女主花妮，代表了被共产主义解放了的劳苦大众，而白地主是拥护李承晚的剥削阶级代表。韩国作为美国的“小老弟”，综合国力和人民生活水平一度居亚洲前列。

很多中国人喜欢韩国的化妆品、纺织品。我们旅行团中就有专门来采购化妆品的。首尔的商店和街道，除了还算干净外，并没有什么特别之处。韩国的旅游景点很少，值得看的就是景福宫和青瓦台。位于首尔市中心的景福宫，现在是对所有人免费开放的历史博物馆。这是一座三进门的大殿，有正殿、副殿和旁殿及长廊。殿内大院的地上全是用碎石子铺的，人一多，走起来就会泛起灰尘。青瓦台则戒备森严，游客只能从建筑物对面的马路上眺望青瓦台。没办法，亚洲国家不像欧洲国家，很多首相府邸都不是对外开放的。韩国人很精明，这种品质不仅用在做生意上，也用在政治上，电视剧《大长今》就把皇宫内的权力之争表现得淋漓尽致。而现在韩国政治角斗场上展现的东西，比过去有过之而无不及，看看每届的韩国总统，就少有“善终”的。

旅行的目的，无非是到自己还没有去过的地方，看看那地方的景色，了解当地人民的生活状况，品尝当地的美食和采购些特产。我来到首尔，看到许多街巷和中国的城市没有太大区别，有时是真以为自己是在国内的某座城市转悠呢。

说到城市的繁华程度，我是感觉东京不如新加坡，首尔又比不上东京。我们在越南下龙湾乘游船，越南人把最好的游船留给韩国旅游团。我们问原因，越南导游表示是因为人家给的钱多。这个世界很实际也很势利，谁给的钱多，人家就会把最好的东西留给谁。要是不服气那就努力奋斗，迎头赶上嘛。

韩国当地的特色食物是海带汤、大酱汤、辣白菜和烤鱼。导游给我们安排了一顿颇具当地特色的大餐，里面的烤鱼真是太好吃了！旅行团里许多年轻的游客，一路上见了没吃过的小吃就买来解馋，到了就餐的时候就没有了胃口，烤鱼剩下了许多，我就打包后拿回了房间。有几位旅行团里的男青年说："你这么小气，这不是给中国人丢脸吗？"我理都没理他们，心里想：浪费才是给中国人丢脸啊！

韩国在物质上比朝鲜富裕，但没有其他让我感到惊叹或者赞赏的地方。经济发展，社会进步真是好啊，以前老百姓哪有条件出国旅行，现在出国真是太方便了。这不，结束韩国旅行后的一个多小时，我坐的返程飞机就降落在了济南遥墙机场。

二〇一六年六月七日于济南

秋游英伦三岛

学世界历史的时候，我知道英国是世界上较早进行工业革命的国家，曾经被称为日不落帝国。

今天有幸来到世界金融名城伦敦，领略英伦三岛的内涵和风采，我多少有些激动。从山东青岛的流亭机场起航，经过十二个小时的颠簸后，我顺利抵达英国首都伦敦。就这样我们的英伦三岛九天之旅正式拉开了序幕。担任这次英伦三岛旅行团领队兼导游的是北京来的小刘。小刘个子不高，是一位两岁孩子的妈妈，别看她年纪不大，人家可是资深导游。

在接下来的英国之旅中，我们大部分时间会在旅游大巴上度过，听小刘给大家介绍每个景点的历史背景。其实，这也是在复习高中学过的世界历史。英国，是世界工业革命的发源地，伦敦则是马克思在《资本论》中所描述的资本进行血淋淋的原始积累的地方之一。沙太也是第一次来到雾都伦敦。在看电影《雾都孤儿》时，雾蒙蒙的伦敦街头一度让我很惊讶。

资本剩余价值，是从极其不讲道理的羊吃人的圈地运动开始的。那时的英国进入了资本主义的原始积累阶段，三百多年以来，英国的资本主义制度始终没变，贵族势力和私人金融寡头始终统治着英国。

剑桥

闻名世界的大学城——剑桥，是一座古老又风景美丽的小城。著名诗人徐志摩的《再别康桥》就创作于此。我们乘上一只撑竿小船，在缓慢悠长散发着青苔味道的康河中，观赏着康河两岸美丽且庄重的大学校舍。最惹人注目的是牛顿的母校三一学院，学院里栽种着传说中启发过牛顿的苹果树。剑桥大学城是一座开放型的小城，有三十多所学院坐落在小城内，小城具备了所有生活教学的功能。除了古老的大树和建筑，破旧的康桥和并不清澈的康河并没给游人留下什么太好的印象。也许就像日不落帝国一样，辉煌属于已消失的往昔岁月，人们怀着对历史的尊重和缅怀来观赏今日的剑桥。游人来了又都走了，只有古老沧桑的剑桥康河依在。

约克小镇

由罗马人所建立的约克小镇，以古老的建筑向世人展示着古罗马帝国统治欧洲时的辉煌。在约克小镇上，有雄伟华丽的约克大教堂，它以独特的建筑语言向世人宣告着神性的伟大与庄严，约克大教堂也是欧洲现存的最大的中世纪时期的教堂。

约克小镇每天都接待着来自五大洲的观光客。人类的历史告诫世人，只有共享，才能保护好历史资源，共同走向光明的未来，任何一种封闭自大和称霸的行为都是不理智的。

剑桥大学城在伦敦的东北角上，车程一小时左右，约八十公里。约克小镇则在剑桥大学城的东北方向，若从伦敦出发，要行车三个半小时，三百公里左右。刚进入伦敦时，九月下旬的天气穿件毛衣就能对付，这两天往东北方向进发，越走越冷，只好把所有从家里带来的衣服都裹在了身上，好像是到了老家的寒冬腊月。

在英伦三岛的第二天，我们光在旅游大巴车上就度过了五个小时。

苏格兰的首府——爱丁堡

苏格兰的爱丁堡城堡，始建于公元六世纪。荷里路德宫与爱丁堡城堡分别位于皇家英里大道的两端。爱丁堡城堡一开始是为抵御外来侵略而修建的。在建国以前，英国分为英格兰、苏格兰和威尔士，这三个地区各自为政，是威廉一世统一了英伦三岛。

英国的冬天特别长，夏天的最高温度也不高。古时候，北欧的维京海盗，时常驾船入侵他国。基因的作用太强大了，后来的罗马帝国、英国、荷兰，凡是出海发现新大陆，设立殖民地的皇室，追其宗源多少都能找到和维京人有关的部分，这些人凭着敢闯敢拼的那股彪悍劲儿，愣是影响了大半个人类世界。

爱丁堡，是苏格兰的首府，也是一座古老而美丽的海滨之城。在这里，大街上的商铺摆满了风格各异的苏格兰方格的披巾和小裙子。

沙太曾在央视播放的春节晚会上，看到穿着苏格兰裙的相声演员小沈阳围着条方格围巾，经苏格兰小短裙和围脖一打扮，演员立刻风格大变，既有了欧洲放羊娃的模样，又有了喜剧色彩。好不容易远渡重洋来到大西洋彼岸的苏格兰，好好看着满大街上的苏格兰风格的纯羊毛制品饱饱眼福吧。临走前，每个团员都会采购一些苏格兰特产。旅游购物，买的是一种心情，一种纪念的情绪。对于采购来的心爱之物，也许十年八年的都会被封藏在橱柜里。

爱丁堡城堡，耸立在爱丁堡市的最高点的城堡山上，爬上有着大炮的城堡至高处，透过瞭望口，可以清楚无碍地看到整个爱丁堡古老又典雅的全貌。爱丁堡有许多维多利亚时代的华丽端庄的建筑，皇家大道和荷里路德宫都是不可复制的古代建筑。

外面的世界很精彩，外面世界的人更精彩！若要丰富精神世界，最好的办法就是走出国门。

温德米尔湖

赴英的第三日，来到了很多画家心中所向往的湖——温德米尔湖。

温德米尔湖位于爱尔兰海以东，英格兰西北海岸，靠近苏格兰边境线的地方。温德米尔湖在一九五一年被划为国家级公园，是英格兰和威尔士地区国家公园中最大的一个。公园中有英格兰最高峰——斯科菲峰和英格兰最大的湖——温德米尔湖。

沙太一行在刘导的引领下，乘游船观赏了湖区风景，然后又坐上了蒸汽机车感受了瓦特时代小火车的缓慢与惬意。英国人瓦特改良了蒸汽机，把世界带入到了蒸汽机时代，促使工业革命向前跨了一大步。如今，游人随着一声汽笛长鸣，车窗外飘起一股股

煤烟蒸汽，好像回到了工业革命的时代。感谢那些为人类奉献了智慧的先人吧！

在英伦大地，少见庄稼多见牧场，大片的绿茵牧场中间，有几间木质结构的平房和几棵松树。自由自在的马、牛、羊在牧场中活动，就像一幅传统的欧洲农村风景油画。

温德米尔湖很大，每天都有来自世界各地的游客。那天，英国的福利机构正好组织一些上年纪的残障人士游玩，一队坐轮椅的老年人由服务人员陪着，从英伦三岛各个福利院来到温德米尔湖游览。感觉这样的活动对老年人来说还是很有意义的。不过由此也能看出，英国也长期面临着人口老龄化的挑战。

英格兰第二大城市——曼彻斯特

曼彻斯特，是英国十七世纪工业革命的发源地，也是足球劲旅曼联队的主场所在地。到达曼彻斯特时，已是华灯初上，我只好赶紧在曼联队的体育用品商店，为小外孙们选购了几件足球衫。我的小外孙们个个都是足球迷，一有重大的足球比赛，他们就围在电视屏幕跟前，目不转睛地看。

如今，“疯外婆”来到了世界著名的老特拉福德足球场，不能白白放过这个绝好的机会，但足球场已经关门了，外婆只好代表小外孙们，围着整个老特拉福德足球场步行转了一圈。买了纪念品，拍了几张具有纪念意义的照片，也算是没白来一趟。

曼彻斯特是英国第二大工业城市，高楼林立、车水马龙，同团的小青年说：“好几

天了，光是在田野和古堡中转悠，现在好歹是回到城市里来了。”看来，在繁华都市生活惯了的人们，真不能长期享受乡村田野的清静与单调，城市是方便，吃饭、住宿、购物可选择的余地也大，这日子过起来就舒服。

在曼城住宿时，还是发生了意外。导游发完住宿房卡时，团友老苏告诉我那个坐他后面的人出了状况，腿疼得不能动了。全团的人都在场，听了老苏的话后，都愣了几秒，大部分人都回自己房间休息了。沙太不是第一次在出国旅游时遇到团友生病，在芬兰的赫尔辛基就有团友突发阑尾炎做了微创手术的。出国旅游，在异国的土地上找个医院也不那么方便。沙太连想都没想，把行李放在酒店大堂，就急忙去寻那个团友去了。在离酒店大堂五十米左右的地方，那个突患腿疾的团友正倚在伙伴的身上，龇牙咧嘴的喊：“疼死我了，怎么突然这腿就疼得不能动了啊。”

沙太把那两位团友的行李拉到酒店大堂，让老苏和那位老师把腿疼的团友扶到了酒店大堂，找了个高点位置让他坐下来，他那位伙伴不停息地给患者揉腿，足足折腾了四十多分钟，终于团友可以走路了。沙太又把随身带的止疼消炎药让患者吃下去，这才回自己的房间去休息了。通过这件事情，沙太觉得，现在很多人太自私了，出现意外状况，能挺身而出帮助别人的人，真是越来越少了。同时，若是身体不好，还是不要出外旅游。

沙太啊，你改不了爱管闲事儿的老毛病，都是个“奔”七十的人了，咱也得保重啊！

莎士比亚故居——斯特拉福德镇

在英国的第五天，我们来到了著名文学家莎士比亚的故居所在地——斯特拉福德镇。

据说莎士比亚一家是以贩卖羊毛为生的，莎士比亚小时候就非常喜欢看戏。有一次，戏台上临时要一名演员救场，小戏迷莎士比亚自告奋勇充当临时演员，没想到一炮打响，小莎士比亚扮演的角色让观众叫好。这次经历坚定了大文豪大剧作家莎士比亚投身戏剧的志向，也成就了英国乃至世界戏剧文学的高峰。

沙太在年轻时就读过莎翁的作品，中国人也熟知莎翁的《奥赛罗》《麦克白》及《罗密欧与朱丽叶》等作品。今天能亲身来到莎翁的诞生地，亲眼看到大文豪成名的地方及景物，确实很难得。时过境迁，莎翁的后人早就离开故居去其他地方谋生了，只留下了几经翻修的一排二层小楼，供游人参观瞻仰。莎翁故居小镇与英国其他小镇没有什么不同之处，爱尔兰人过着安定的生活，人们都很有礼貌，哪怕是七十老者，也会主动给观光客让路。相比之下，很多富裕了的国人，都不懂得尊老爱幼，说话行事就只考虑自己的感受。

在斯特拉福德小镇，刘导借上厕所之名，把沙太和几个团员带进一家皇家首饰店。从本意上来说，沙太这次来英国没打算买奢侈品，那些年出国，买回来的许多东西都被封存在家中的橱柜里了。所以，沙太暗自定下过一条规矩：不要再买旅行纪念品了。但是，打破规矩的事还是发生了。在这家皇家首饰店那灯光柔和的展柜里，有一条手链，实在让沙太过目不忘。这时，沙太内心里有两个小人在打架，一个说："世界上的好东西多着呢，你能喜欢就都买回家去吗?"另一个却执拗地说："你都快七十岁的人了，这是头一回遇见这么喜欢的手链，就狠狠心把它买了吧。"最终，沙太还是买下了这条限量版的手链。另一位团友也买了一块名表。刘导那天很高兴，晚餐时刘导还请沙太喝了杯正宗的黑啤酒。

现在国门打开的年头长了，游客购物渐趋理性化，一般的纪念品已经引不起游客的兴趣，所以市场也会促使旅游纪念品向实用化的方向发展。我光顾着买心仪的东西，连上厕所的事儿都给忙忘了，不吃饭、不喝水又不上厕所，光顾着逛商店了，人就是这么可笑。

我觉得人活着，在不同的时期，需要不同的精神和物质的力量来支撑，如果连发展爱好的兴致也没有了，也就离彻底超脱不远了。

比斯特购物村

在旅途中，就听刘导说，比斯特购物村是英国最大的名牌服饰打折购物广场，在这里聚集了一百多家全球知名品牌的销售商，不怕有钱花不出去。

来到了比斯特购物广场，看到了来自全球各个国家的旅行团。真正有经济实力和购买力的，不是欧洲的游客，而是来自中东的游客。沙太一行的团员，都是些刚刚吃饱饭、兜里没有多少钱的普通百姓，来到比斯特这样的大品牌购物广场，更多的只是来见识一下什么叫国际一线大品牌。说是打两折的大品牌皮包和衣服，每件东西也要三千多英镑，这哪是沙太这样的人能消费得起的啊！好不容易来到了世界级的购物场所，也不能空着手走啊，沙太捡着那便宜些的二流、三流品牌采购了一大包，算下来也花了一万多元人民币。挣人民币到英国来花，就是挺着脖子“挨宰”啊！

在比斯特购物村待了四个小时，集合的时间到了，团友都陆续返回到旅游大巴上，有几个年轻人买了鞋子和衣物，其他大多数人都空手而归。团员老苏和他老伴儿花了二十四英镑，买了两个煎饼果子，好家伙一个煎饼果子就花了一百一十多块人民币，这钱在国内不得买一堆煎饼果子啊。不过这也是老年旅游者的通病，老拿国内的物价与外国的物价来比较。感觉比斯特购物村，是英国人气最旺的购物场所，也是非欧盟游客在伦敦城外购物的首选之地。沙太对那些世界名牌缺乏了解，而且经济状况和消费层次也不同。来这一趟说是望梅止渴也好，知识更新也罢，总比啥也不懂强。也许，这就是许多人到英国、美国等发达国家旅游的最好收获吧！

人类世界的进步程度，在一定程度会落实到吃、穿、住、行等社会表象上，在这些层面，我们与老牌资本主义国家还存在一定差距。但是，国人正在努力迎头赶上，沙太也不能因为看到这差距而气馁，要紧跟时代浪潮，为祖国的繁荣富强贡献自己的力量。

牛津大学城

牛津大学是一座开放型的大学。在牛津大学读书的学生，除了英国本土的学生，更多的是来自世界各国的优秀学子。牛津大学是英语世界中最古老的大学，也是世界上现存第二古老的高等教育机构。牛津大学与城市融为一体，街道就从校园穿过。大学不仅没有校门和围墙，而且连正式招牌也没有。

牛津大学是一座注重培养学生的品德和思维的大学，出了不少思想家、哲学家和政治家。剑桥大学则是以化学、物理、数学等理科教育为主导，来培养世界顶级科学家的学府。

漫步在牛津城，感受到了满满的青春气息，到处都走着来自五大洲的学子。这些年，国人把孩子送到牛津、剑桥去读书的越来越多了。国人普遍认为，拥有一张牛津大学或剑桥大学的毕业证，就等于打开了通往智慧与财富的大门。可智慧与财富往往需要几代人，甚至十几代人的积淀和努力。似乎唯一能做的就是不要望洋兴叹，只有加快脚步通过不懈的努力，才有望超越。

王室城堡——温莎城堡

温莎城堡，位于泰晤士河南岸的小山丘上，距离伦敦市郊四十公里，与伦敦的白金汉宫和苏格兰的爱丁城堡的荷里路德宫一样，是英国皇室君主主要的行政宫邸。

温莎城堡始建于威廉一世时代，最初的主要功能是战略防御，战后用于皇室居住和国事接待。

沙太通过对温莎城堡的游览，才知道原来伊丽莎白二世与伊丽莎白一世相隔近四百年，她们之间并没有直接的血缘关系。在英国国王的王位继承人上，有男也有女，若恰巧碰上有同名的就增加能表明顺序的尾缀，叫二世或三世，但在其他方面没有任何关联。

温莎城堡其实也是一座历史博物馆。温莎城堡内宫藏的钻石珠宝、兵器瓷器，都是在其他宫殿少见的。历代英国皇室内部的斗争，也和其他文明一样血腥残忍。这延伸了五百年的私有制，维持了温莎城堡以及英国的古老街道和民房。在古老的城堡里也记录着大英帝国的兴衰史。

每个民族都有自己的历史，了解回顾那些历史，能让现代人更加珍惜前人的成就，少犯前人的错误。

大英博物馆

大英博物馆是世界上历史最悠久、规模最宏伟的综合型博物馆，也是世界上最著名的博物馆之一。与大英博物馆齐名的四大博物馆分别是俄罗斯圣彼得堡的冬宫博物馆、法国巴黎的卢浮宫博物馆、美国纽约的大都会博物馆。

大英博物馆大约有八百万件藏品，如果一个人慢慢观赏这八百万件藏品的话，据说需要二十多年的时间。任谁也不可能把大英博物馆的所有藏品都看过，游客只能走马观花地看那些最有代表性的藏品。沙太一行，由在大英博物馆内具备讲解资格的华人女导游带领，重点参观了中国馆、土耳其馆和埃及馆。中国馆内存藏着八国联军进犯北京时，英军掠夺的甲骨文残片和明清瓷器、字画等国宝级的文物。看这些藏品，感觉一半是欣赏一半是窝囊。十八世纪至十九世纪中叶，英帝国向世界扩张，对各国进行文化掠夺，大量珍贵文物运抵伦敦。如果说博物馆的建立是历史的幸运，那么大英博物馆，则是历史的罪证。

白金汉宫

白金汉宫是英国最高权力的象征，也是英王处理国事政务的地方，就像美国的白宫，俄罗斯的克里姆林宫。要说白金汉宫是英国皇室不可撼动的权力的象征，那么英国国会和首相官邸正是实施捍卫皇室权力的治国机构。游船在略显浑浊的泰晤士河上缓缓而行，著名的标志性建筑大本钟楼和世界第四大摩天轮都在向游人行注目礼。

我们来看英国乃至欧洲，不全是来游山玩水的，也不是来比谁家的风景更好的，我们是来了解世界的。一个城市，在历史发展过程中起到的重要作用，是时光所不能消磨的。尊重历史、尊重前人，才是学习外国文化应有的态度。

伦敦桥是从泰晤士河口算起，在伦敦泰晤士河建起的第一座桥梁，它是伦敦的象

征，也有伦敦正门之说。伦敦塔，作为一个防卫森严的堡垒和宫殿，英国数代国王都曾在此居住，国王加冕前必须前往伦敦塔朝拜，这已形成了一种惯例。伦敦塔也曾是一座著名的监狱，英国历史上的许多王公贵族和政界名人，在改朝换代的历史变迁中，都曾被关押在伦敦塔内。

伦敦是一座历史悠久的古老城市，街道建筑都是几百年前建造的。伦敦的街道狭窄陈旧，充满着历史的沧桑感。即将结束英伦三岛的观光旅游了，说是九日游，掐头去尾，在英国也就呆了六天半。对这样的国家，寥寥几日的游览自然是不够的。在漫长的英国历史中，有一个伟大的女人，给我留下了深刻的印象，她就是来自诺曼底的爱玛。爱玛，是一个在一生中嫁过两个皇帝又生养过两个皇帝的女人。英国的历史因她的存在而与众不同，爱玛的一生充满了传奇，这在世界宫廷史上也是少见的。

英国人的日子比中国人过得宽裕，这是事实。英国有传统皇族和世袭贵族，可更多的是市民百姓。百姓可以享受政府提供的住房补贴，医疗免费和教育免费，基本没有什么后顾之忧。任何东西都是在漫长的历史长河中，循序发展形成的。心急吃不了热豆腐，一口吃不成大胖子。

选择正确的发展方向，奋斗、努力，虚心学习其他民族的长处，就是这次游览英伦三岛给我的启示。

二〇一八年十月二十六日于济南

大洋洲之旅

大洋洲是个遥远而神秘的地方，像澳大利亚的大堡礁，新西兰的鸟岛，都是旅行者和摄影爱好者的向往之地。大洋洲也是沙太继欧洲、非洲、美洲以及东南亚、东北亚之旅后，最后一个旅游目的地。

现今的国际旅游市场开始走向疲软，几年前去大洋洲旅游的参团费还是两万多人民币，现今却只要一万多人民币就可参加澳大利亚和新西兰的十一日游了，这下就满足了一般工薪族去游览澳大利亚、新西兰的愿望。

沙太给自己制订的二〇一九年的旅游计划，一是年初去香格里拉和玉龙雪山，二是夏季去拉萨和喀什，三是中秋去趟大洋洲。随着年纪增长，自己的记忆力和身体都开始衰退，再有远程出行的愿望都难以付诸行动了，已经没有时间可供自己犹豫不决。为了不辜负自己，沙太毫不犹豫地跟着旅行团出发了，开始了中秋后的大洋洲之旅。青岛流亭机场已经开通了十几条国际旅游航线，去悉尼的直航班机就是从青岛流亭机场出发的。一个年轻小伙担任济南组团十三人赴大洋洲旅游团的领队。这是个老年旅游团，最大的七十二岁，最小的五十二岁。

悉尼

经过十个半小时的空中飞行，旅游团到达了澳大利亚的第一大城市悉尼。

负责悉尼旅游接待的地方导游，是移居澳大利亚的北京小伙辛导，他用一口北京话向大家介绍了澳大利亚及悉尼的概况。

澳大利亚原是英属殖民地，首先发现澳洲大陆的是位荷兰船长，据说郑和的船队也曾在澳洲登陆修整过。二百多年前，澳洲就已成为英国政府流放犯人的地方。澳洲没有首相只有总督，总督向英国女王负责。

澳大利亚地广人稀，畜牧业资源丰富，如今国家发展平稳，人民生活幸福。我们这个团属于购物团，不然十一天里要换乘五次国际、国内航班，横穿澳洲大陆，一万元的团费就是买飞机票和安排食宿都不够，哪个国家的旅游业也不愿意干这种赔本的生意。所以，一上了巴士，辛导就滔滔不绝地对购物和自费项目展开宣传攻势。在介绍澳大利亚的国情时，辛导提到澳大利亚是个法治国家，在这里打人一巴掌就有被判十四年的。辛导风趣地对大家说："老人家，你们可要控制好自己的情绪啊，千万不要闯红灯，也不要与人打架，一不小心犯了法可是要受罚的啊。”沙太认可澳大利亚政府严惩违法犯罪，也赞成新加坡的鞭刑，国民是需要教育的，严惩犯罪就是一种国民教育。

悉尼歌剧院

悉尼歌剧院是全球著名的地标性建筑之一，它是丹麦建筑师设计的。跟着导游进入悉尼歌剧院，仔细观看其内部的每一个建筑细节，就会认可这样长的建筑时间是值得的，慢工出细活，哪怕是铺设一块地砖，也要为以后长期使用过程中的维修做好最佳铺垫。

悉尼歌剧院没有豪华的装饰，却有优良的管弦乐的共鸣大通道，灯光设计也是一流。中国国家大剧院的内饰设计就借鉴了悉尼歌剧院，并在功能属性上超过了后者。这也是个“洋为中用”的典范。

悉尼是个充满朝气的城市，全城的建筑以布满玻璃幕墙的现代风格的大厦为主。悉尼的夜晚，华灯璀璨，穿着性感的女郎穿梭在酒吧长廊，一片安逸奢华的休闲景象。在悉尼歌剧院起伏的帆船造型建筑的对面，耸立着让人叹为观止的悉尼港湾大桥。夜晚行走在港湾大桥上，可将整个城市收入眼底。

白天开始了进入澳洲的第一个自费项目，首先是登上悉尼塔眼。在 268 米的观景台上，俯瞰悉尼城市全景。在东京塔、伦敦塔上，所看的都是繁华的城市楼房街道，而在悉尼塔上，则能看到天海一色和无数个小岛。悉尼的海岬公园拥有安宁静谧的步行径道，可供市民休闲锻炼之用。海湾、悉尼歌剧院、港湾大桥、海岬公园，构成了一个休闲娱乐、锻炼身体的区域，让人感觉生活在悉尼的人好享受啊！

最让沙太兴奋不已的不是悉尼大学的仿古建筑和学术氛围，也不是悉尼大街上琳琅满目的商品展柜，而是悉尼博物馆里的油画藏品。悉尼博物馆珍藏着世界美术史上许多大画家的原作，有凡·高的真迹也有澳洲当代著名画家的作品。让沙太流连忘返的是博物馆里收藏的那些色彩斑斓、线条优雅明快的原版油画，这在国内很难看到，毕竟中国不是油画的发源地。悉尼有四个美术馆和画廊，都是无偿对公民开放的，但由于中国旅游团人生地不熟，晚上入住的酒店多半是在离市中心很远的郊外酒店，想自由活动去看看当地的一些有名的公众活动场所，也比较困难。

语言不通、地理环境陌生，限制了活动的范围，就像一群“老傻瓜”被年轻的导游看管着，只要不是行程上明文写定的景点，就必须报自费项目，自费项目一人一次要交 150 澳币，折合人民币 750 元左右，有人不想花这个钱，那就只好眼看着别人跟着导游去玩，自己老老实实跟着领队在旅游车里待着。

参观悉尼大学、悉尼博物馆还有港湾大桥的夜景都属于自费项目的内容。沙太问辛导，“这些地方都不收门票，为什么还要收自费的钱啊！”辛导说：“这点儿事儿，你老人家想想就明白了。你的领队和司机还有导游都是要吃饭、穿衣、养家人的，你们在出发地交的那点儿团费，刚够坐飞机、住旅馆，根本没有领队和导游、司机的工资，如果没有自费项目和购物提成，这些人岂不是要喝西北风了吗?”

旅游团的团员分三类人，一类是随大流的，看人家多数都报的自费项目他也跟着去；一类是在出发前就做好了攻略，胸有成竹的该报哪项自费项目该买什么东西的；另一类是死抠门的，一分钱东西都不买，一项自费项目也不参加，这个团里也有一个旅客连一块钱的澳币也没换。看上去，这样的人好像挺有主意的，花了一万元钱人民币，坐个便宜飞机住个便宜酒店，还有导游带着在规定的景点逛。其实，买的永远不如卖的精，旅行社早就把“陷阱”挖好了，所有的著名景点和经典的地方都设定在自费项目里，只要不怕浪费自己有限的时间和生命，领队就会陪着你坐在旅游车里，静静地等待其他团友完成自费项目后欢欣归来，那滋味恐怕也很难受。

沙太在十年多的时间里，通过参加旅行团去过很多国家旅行，总结出一个很无奈的经验——若想出国看风景，就不要怕花钱，省钱省在自己家过的日子里，不要省在国际旅游的途中。沙太参加了除热气球和直升机以外的各项自费项目，去买了当地最著名的特产和保健品，反正都是快七十岁的人了，这地方也不太可能再来第二次。只要不是借的、偷的别人的钱，花了用了才是自己的。

悉尼圣玛丽大教堂建于悉尼第一个天主教堂的旧址。是澳大利亚规模最大、最古老的宗教建筑，是悉尼大主教的所在地。沙太静静地坐在圣玛丽教堂的长椅上，慢慢地欣赏它。

澳洲大龙虾

悉尼海鲜市场，是澳洲供应新鲜鱼类的国际型大市场，这里向人们提供上百种海产品，市场内设有各种特色的海鲜餐厅。到澳洲来，无论如何得尝尝这刚从大海里捞上来的大龙虾。辛导说中国的一些商界人士赶到悉尼海港码头的市场餐厅，也是专为吃一顿新鲜美味的澳洲龙虾。中午的团餐是自费的，大家选择在海港码头鱼市场吃海货。这个市场的海鲜可以现买现加工。偌大的市场分好几个等级，有从越南、菲律宾等亚洲国家进口的冷冻海鲜，也有悉尼本地产的养在玻璃缸内的活海鲜，食客可以根据自己的情况购买，选定后再由店家按食客的口味进行加工。

沙太一行人跟着辛导走进了喧嚣拥

挤的海鲜市场，沙太感觉这里有些像三亚的海鲜市场，但这是距离中国万里之远的悉尼。三亚是少有澳洲活龙虾的，同样悉尼也少有马鲛鱼。几番掂量后，同团的团员里只有四个人决定吃澳洲龙虾。一只龙虾三公斤左右，一公斤龙虾的卖价是二百澳元，折合人民币一千元左右。四个人吃一只三公斤的龙虾是六百澳元，折合人民币是三千元左右，每人要摊一百五十澳元，折合人民币是七百五十元左右。沙太想，既然来了澳洲就不要再算计花钱多少，只要是还有想吃澳洲龙虾的愿望就等着掏钱吧。过了这个村就没有这个店了。

沙太和同居一室的姐姐还有摄影师夫妇四个人，共同享用了这顿澳洲龙虾大餐。澳洲龙虾肉嫩爽滑，口感非常好，这也是沙太继在新加坡的圣淘沙泰式餐馆吃到美味的海蟹后，又一次品尝到美味的海鲜。感觉自己花这么多钱也值了。

其他的团友，有吃鲍鱼也有吃螃蟹的，当然也有吃从国内带去的饼干和面包的。在国外的消费能力并不代表谁有钱或谁没钱，主要看的是个人的思想观念。

有的人退休金一月领一万多人民币，照样捂紧钱袋子，一个子儿也舍不得花。有的人没有退休金，照样该吃就吃，该玩儿就玩儿。谁也没看见清朝的王爷攒的银子今天还能用得上，谁也没瞅见民国富商的“袁大头”现在还流通管用。人生苦短，世事无常，人应该享受当下的快乐与福气。在悉尼，导游还带着我们去市郊游览了蓝山国家公园、三姊妹岩和卢拉小镇。在卢拉小镇静谧的街道旁，盛开着粉红色的大樱花。九月正是澳洲的初春，是樱花绽放的季节。

黄金海岸

从悉尼乘澳航班机，飞行一个半小时到达昆士兰州的布里斯班，再坐两个小时旅游巴士到达黄金海岸。在地导南导的引导下，我们开始了澳洲之行第二站的观光旅程。

南导是成都人，后来移民澳大利亚。南导四十多岁模样，中等身材，语速缓慢，与悉尼的辛导形成了鲜明对比，辛导爱用小说情节来渲染情绪，南导喜欢用中澳对比来表达自己的想法。导游的职责，一是介绍所在目的地的风土人情，二是想办法让游客把口袋里的钱掏出来买当地的特产。光靠耍嘴皮子不干正经事可是不行的。最理想的效果

是，游客把想看到、想听到的新东西和好风景都游览到，导游也把该挣的钱收入囊中。

澳大利亚的黄金海岸，是南半球拥有最多旅游景点和娱乐项目的城市。黄金海岸有阳光沙滩和冲浪海滨，被列入世界自然遗产的内陆原始森林，每年在黄金海岸有各种娱乐界的国际巡回表演向游人展示。沙太所在的团队是定线旅游，所以在特定游览范围内，是看不到那么多迷人盛景的。

南导向团友推荐的自费项目是乘坐私家游艇出海。私家游艇，顾名思义就是有钱人家休闲用的小船。在黄金海岸的别墅度假区，有不少著名演员和华人富翁买的别墅和游艇，别墅的前面是车库和小院，后面就是码头和停放游艇的海湾。那一排排的别墅和游艇，向世人展示着富人的生活方式。黄金海岸是有钱人的度假天堂，那就需要没钱想挣钱的人来提供服务。这样一来，就有大批的中国人、印度人和其他国家的人来到了黄金海岸，从事各种服务工作。

黄金海岸建有世界上最大的高尔夫球场，映入游人眼帘的是分隔成足球场大小的绿茵之地。旅游车沿狭窄平坦的道路，慢慢行驶在绿茵之间。沙太与九名团员，每人交了一百三十元澳币，折合人民币是六百五十元。参加项目的团友都是第一次登上私人游艇，感到分外好奇。有位团友表示咱这辈子是买不起私人游艇了，坐坐老外的游艇，感受一下坐游艇出海的滋味，也算没白来一趟澳洲的黄金海岸。

私人游艇除了有一个甲板和驾驶舱外，就只有一个带厨房的标准间，感觉也没有什么稀奇的。但当发动机的马达一启动，船身就剧烈地摇动起来，人们的神经也就被调动了起来，当游艇划过海面，带着浪花驶向大海时，所有的人都禁不住兴奋地欢呼起来。坐在游艇上，光着脚丫，品尝澳洲的大虾和水果，短时间地做一回富翁，也许就是这一群普通的中国老人，在那一刻最奢侈最满足的享受吧！沙太与团友在甲板上与飞来觅食的海鸥合影留念，我们这些六七十岁的老人，在那一刻完全忘记了自己的年龄和身份，忘我地投入大自然的怀抱之中。

每一次与自然的近距离接触，都会让衰老的生命注入一丝新奇与欢愉，这些新奇与欢愉的叠加簇生了抗衰老的兴奋剂。如果不想迅速变老，那就去旅游吧，旅游会让人变得充满好奇和欢愉。

黄金海岸被称为澳洲的威尼斯。这澳洲水城的风情和宜居环境却有几分像海南的博鳌，在黄金海岸上演的旅游休闲项目，像热气球、直升机和帆船在三亚早都有了。

科伦宾野生动物保护园，是澳大利亚具有代表性的野生动物保护园。在这里有彩虹鹦鹉、考拉和袋鼠等动物，沙太花了三十澳币，抱着小考拉照了一张很有纪念意义的照片。在动物园内，成群的袋鼠聚在一起，过着无忧无虑的生活，因为动物园设在群山之中，袋鼠既享受着自然的环境又得到了人类的照顾和宠爱。

幸运的是，我们还看了一场由当地人表演的古代土著先民如何在野外生存。那几位演员，脸上涂满黑白油彩，身上穿着兽皮，钻木取火之后又用鱼叉捕鱼，生动的表演顿时把观众带回了上古时期的澳洲。

南导向游客着重介绍了产于澳大利亚的珍贵宝石——澳宝。平日喜爱收藏饰品的沙太，拥有不少水晶、玛瑙之类的藏品，却没有见到过真正的澳宝。在南导的带领下，旅游车开进一家专门销售澳宝的专卖店。导售小姐向游客详细介绍了澳宝的挖掘过程以及收藏价值。游客被五彩缤纷闪烁着耀眼光芒的澳宝所吸引，但澳宝的价位很高，远非普通人可以拥有，沙太在几经斟酌后，买了几枚合成澳宝矿石的手链和项链。宝石原石的价格从来都远远超过合成首饰的价格，一般人就是买了原石首饰，也会因其价值连城的缘故，只能把原石首饰长期锁在保险柜里。

沙太一行人都属于刚刚走出贫困，在奔小康的路上没走多远的普通人。去旅游是去了解过去自己不了解的世界并寻找内心的答案。

像沙太这样的多少有点儿钱且生活独立的人，戴个项链都会觉得麻烦，有些首饰还要别人帮着才能戴好。这次在黄金海岸的澳宝专卖店，沙太选到了一款不用别人帮忙，自己就可以戴上的五彩澳宝手链，虽然价格偏高，但还是把它买了下来。对于沙太来说，首饰无疑是一个非常忠实的伴侣。放在枕头边的玉石和挂在床头边的玛瑙和水晶，时常给沙太安慰。

从黄金海岸到昆士兰州的首府布里斯班，要花一个半小时的车程，第二天黎明时，旅游团就要从布里斯班直飞新西兰的奥克兰了。这次到澳洲的旅途，要两进两出澳大利亚的海关，第一次是进悉尼海关，出布里斯班海关；第二次是进出墨尔本海关。沙太感觉澳大利亚的海关对自带药品和食物查得比较严。

新西兰是个“国际大牧场”

旅游团如期抵达新西兰的奥克兰。在从奥克兰驶向新西兰北部旅游指定的大牧场中，行车整整四个小时。车窗外除了一望无际、浩瀚茫茫的绿色牧场，没有什么人烟。牧场之大，土地之广阔，成群的奶牛和绵羊在草场上游荡徘徊。好一幅安逸静谧且色彩分明的风景画。新西兰，就是一个国际大牧场。新西兰地广人稀，冬无严寒，夏无酷暑，这里是南半球日出最早的地方，与北半球的日本的国土面积相当，人口比日本少得多。

新西兰的玛塔玛塔小镇是电影《魔戒》的拍摄地之一，小镇在电影中被描绘成为一个几乎与世隔绝的霍比特人村。在电影里，霍比特人世代生存繁衍在这个地方。当旅游巴士路过这里的时候，导游只是让司机将车速放慢，并没有停车让游客拍照。导游说要严格执行行程，行程上注明是途径的景点，一律不停车，停车就违反了公司的规定。

一路上，经过几番的折腾，沙太终于弄明白了一个道理。自中国打开国门，允许公民到世界各国旅游之时，至今已有二十多年的时间了。开始时是官方旅游团居多，后来则是私企老板和个体业主，再后来是城市的白领。原来在旅行社要三四万的旅游项目，现在很少有人问津了。旅行社只好将价格一降再降，这次的十一日游才收了一万多一点的团费，但里面有代表性的绝佳景点，一律要自费，哪怕根本不需要买门票。

行程上标注的不自费的项目，大多都是顺路的免费景点，就像济南的泉城广场和大明湖的开放区域一样。导游和司机以及领队的收入主要来源于自费项目和购物。就是自费项目也都是不收门票的，但是需要有人带着啊。你一个中国人到了国外，语言不通啥也不懂，离开领队和导游你就是一个“聋子”和“瞎子”。

新西兰的地导是来自沈阳的美女新导，新导带领游客首先来到了毛利文化村。大家参观了早期毛利人用蒲草和棕榈树枝搭成的矮小房子，看到这些也就不难想象当时的毛利人生活是何等的艰苦。新西兰的罗托鲁瓦拥有世界著名的地热景观，到处都有热气腾腾的地热喷气孔。在毛利村内，硫黄晶体和翻滚的泥浆随处可见，这些热气孔都被铁丝网包围着，估计是出于安全考虑。

爱歌顿休闲农庄，是新西兰唯一的集人文与自然于一体的景点。一台拖拉机拉着坐在观景车厢里的游客，开始了一个半小时的农场之旅。担任农场导游的是一位旅居新西

兰的华裔。与前三位澳洲导游不同的是，这位长春籍导游穿着一件黄色的军大衣，脸上的皮肤黝黑粗糙，一看就是经常干体力活儿的人。只见他冲着拖拉机包厢里的游客大声地说：“欢迎来自祖国大陆的亲人们乘机，欢迎祖国亲人们来参观澳洲著名的爱歌顿农场，现在大家登机随我参观游览，只是大家乘的是拖拉机，而不是直升机”。

新西兰的女人一年四季都可以穿裙子，青壮年男人一年四季都可以穿短裤。最让人留恋的是，这里牧场上的草从不枯黄，这里的牲畜都过得很舒坦。新西兰对全世界最大的贡献就是羊绒和牛奶。在导游的热情带领下，游客进入到爱歌顿农场的牧场内，与牧场的牲畜进行了近距离的接触。有的游客胆子小，手里的饲料还没等喂完，就被涌上来的羊吓得连喊带叫地跑回到了车上。沙太感觉大部分游客都喜欢与动物拍照留念，于是沙太给很多团友都拍了与动物的合影。

为了纪念新西兰牧场之行，沙太买了几件毛衣，并选购了一床驼羊毛被子。其实旅游购物买的只是当时的好心情，留的也只是一个念想，并不是生活真的需要这些物品。不可否认，新西兰的牧场是世界乳制品品质比较高的牧场，少有国家和地域的环境，能比新西兰的更适合饲养牛羊。

那是一望无尽的大牧场。绿色海洋般的地方，奶牛排着长长的队伍形成一个大大的圆圈，在等待挤奶和享受“美食”。它们一天换一个草场，溪水永远在不远的地方。

新西兰没有工业，国民的生活所需，大部分通过外贸来获取。多年前，新西兰的移民门槛很低，留学政策也很宽松，中国的移民和留学生大批流入。最近几年，新西兰的移民门槛提高了，留学政策收紧，中国人入籍新西兰的人数也逐年减少。在地广人稀的新西兰，移民可以向政府申请购买一块两亩大小的土地，自盖一套住宅。这样连购地加盖房的费用，需要四十万元新西兰元，折合人民币二百多万元。在中国挣些钱，去澳洲买块地盖座房子，过悠闲自在的日子，是许多中国青年的梦想。看来这个梦想并不遥远。随着祖国的日益强大，崇洋媚外的风气日渐衰退，许多留学生和旅居国外的华人积极地回到祖国的怀抱，留学澳洲和移民澳洲的人也越来越少了。

在沙太眼里，哪里也比不上中国好，现在中国社会安定和谐，只要好好工作就会有理想的生活。哪里也比不上自己的家乡济南好，济南物产丰富、四季分明，生活很舒适。

鸟岛

鸟岛是摄影发烧友的天堂，被美国《国家地理杂志》评为世界三十大自然美景之一。鸟岛地处印度洋与南太平洋的大洋交汇处。走近大海，会感受到一种广阔与包容；走近大洋，则会感受到无际的浩瀚与澎湃。

来到鸟岛的那天，正逢天气阴郁，沙太站在观景台上远眺。汹涌澎湃的南太平洋和印度洋像一对孪生姐弟。大洋的滚滚浪涛翻卷着白色的浪花，无休无止、不知疲倦地激打着岸边深褐色的礁石，无数的海鸥和不知名的海鸟聚集在礁石上嬉戏觅食，一会儿在蓝天中互相追逐着飞翔，一会儿又聚集在岸边的礁石上“开大会”。

在鸟岛上，白浪、沙滩、礁石、飞鸟还有远处的大海，构成了一幅美丽绝伦的画卷。这里真是摄影者的天堂。鸟岛的美是能让画家羞愧的，任他用怎样的线条和色彩，也描绘不出鸟岛的绚烂多姿和丰富色彩。

记得自己曾被尼亚加拉大瀑布的那从天而泻的雄浑流水所震撼，也为越南下龙湾的

柔美风光而赞叹。今天面对着浩瀚无尽的印度洋和南太平洋，沙太似乎又一次来到了南非开普敦的好望角。在大洋面前，人显得格外的渺小。

突然，一阵疾风袭来，游人纷纷逃离无遮无掩的山顶观景台，向着旅游车的方向奔去。沙太被狂风疾雨中灰色朦胧的大海之憨态所吸引，就势在鸟岛的山崖下，对着波涛汹涌的大洋，唱起了京剧《杜鹃山》柯湘的唱段：“听惊涛——看巨浪——云天奔涌……”那一刻，鸟岛的岸边，只有大洋的波涛拍岸，只有海涛伴着狂风在呼啸，沙太忘我地与自然母亲诉说着心灵的激荡。

一只海豹被沙太的歌声吸引，从汹涌的海浪中游向岸边，它悄悄地跃上了礁石，海豹用它那纯真的眼神注视着歌唱中的沙太。当发现海豹就在离自己十米内的礁石上时，沙太不敢相信这是真的。在青岛的海底世界，在新加坡的圣淘沙，沙太陪小外孙看过训导员用音乐带领海豹跳舞的表演。可真没想到，今天在新西兰的鸟岛，竟然遇到了能听懂音乐的海豹。这只海豹是沙太的“知音”，能在风雨交加的鸟岛与沙太四目相对。沙太内心充满了对大自然的敬畏和感恩，不敢靠近海豹，等海豹纵身一跃跳进大洋中时，沙太才放声说道：“感谢上苍，让我近距离看见海豹了。”

鸟岛，美丽浩瀚的海鸟栖息之地。

鸟岛，一个让沙太难以忘怀的南太平洋彼岸的美丽之岛。

鸟岛，一个让人类能产生美好遐想的地方。

沙太觉得，对美好世界的眷恋，也会让自己的生命被赋予新的内容。

墨尔本

墨尔本是澳大利亚的第二大城市。从奥克兰飞到墨尔本，空中飞行时间要三个半小时。从山东青岛的流亭机场起航，到澳大利亚的悉尼，又到布里斯班，再到奥克兰，这一路上我已经是四起四落地搭乘飞机了。

在以前的飞行中，飞机都有因气流而产生颠簸，只有从奥克兰飞往墨尔本的这趟班机飞得特别平稳，没有什么颠簸。游客们不知不觉就在空中度过了三个多小时。飞机的宽敞舒适取决于座位前后左右的距离，澳洲的民航班机在座位的距离上设置得很宽松，再加上飞机是在同一气候条件下飞行，没有大的气流颠簸，乘客就会倍感舒适与放松。

到达墨尔本游览的第一个景点是圣派翠克大教堂。这是一座具有一百多年历史的天主教堂，也是南半球最大最高的歌特式教堂。教堂聚集了欧洲各大天主教堂的华美设计，让游人心生敬畏。

在墨尔本的菲兹路易公园，游客看到了库克船长的小屋。库克船长就是最早发现澳洲大陆的那位英国船长，他的一家人都为澳洲大陆的发展做出了杰出的贡献。

墨尔本的皇家植物园里，有着两百多种澳洲本地产的绮丽花卉。在这个绿意浓郁的花园里，挺立着十几棵拥有两百多年树龄的参天古树。桉树是澳大利亚的国树，桉树的品种很多，而且挺拔的高大桉树，在澳洲也是随处可见。

位于墨尔本市中心的布伦瑞克大街上，有一条长长的胡同，在这条胡同两侧的墙壁上，胡乱地、不规则且任意涂画着各色各样的、不成系统的线条和油彩。有人感到这些涂鸦达不到艺术的高度，只是涂鸦人在发泄自己当时的一种情绪。如果给这种涂鸦起一个名字，那就叫它情绪发泄墙吧。人是一种情绪化动物，谁都有心情极坏的时候，若能在人们居住的环境里设置一面发泄墙，也是个好事。

墨尔本的联邦广场设在市中心，这座广场是由数栋建筑交错而形成的，每栋建筑都以不同颜色的钢铁、芯片和玻璃幕墙组合成不规则的几何图形，营造出一种非常具有科技感的城市氛围。那日正赶上周末举行篮球联赛，在联邦广场上，有许多球迷都租来躺椅和凳子，他们穿着不同颜色的队服，按前后顺序排列在广场上的巨幅屏幕两旁，等待观看篮球联赛的现场直播。

这里不比中国，在中国有许多的城市公园广场，可供市民健身。而在这里，人们居住分散，聚到一起很不容易，只有在重大节日和大型球赛时，每家人才可开着自家的汽车，聚集到城市的大型广场，与其他市民共同聚会热闹一番。

企鹅岛和大堡礁地处墨尔本的管辖领域，但却不在我们的行程之内，自然是去不了的。就连一个墨尔本城市内的奥特莱斯购物广场，也作为一个自费项目，每人要交三十块澳币，因为这个团想去买名牌服饰的人不够七人，所以导游加领队一致决定，不去奥特莱斯购物，下午三点就回酒店休息了。

在澳洲的日子里，沙太又一次深刻体会到了，资本主义世界的金钱至上论，只要你交的钱不够数，喊哑了嗓子也没人搭理你。沙太很后悔报这个看上去团费很低的旅行团，同样是以时间和身体健康作为代价，仅仅是少交了几千元的团费，就连近在咫尺的企鹅岛和大堡礁也看不了，那往返坐三十几个小时的飞机来澳洲干啥来了啊！

出手买奢侈品的游客是极其有限的，毕竟参加廉价购物团的游客大多经济实力有限。每次在去新景点和购物点的路上，导游都会神采飞扬妙语连篇，目的直指游客的钱袋子，但在回来的途中就销声匿迹闭目养神了，连一句多余的话也懒得说。

十一天的旅行就要结束了，沙太从内心里还是比较满意的。虽然感到很疲劳，旅途之中也发生了一些不尽如人意的事情，但都是奔七十而去的老人了，还有什么事情看不懂想不明白的。

每个人的成长环境不同，用钱的方式也能体现个人的家庭、成长背景。同时，做事的方式也彰显着个人的灵魂境界。千人千面，谁又能改变谁呢？澳洲之行也是沙太出国远行的最后一站，人老了不经折腾了，以后就老老实实地在家待着，腻了就去周边交通方便的地方转转。人生能有几个七十年啊？幸运的是，我们的余生碰上了太平盛世，这是何等的福气啊！

二〇一九年十月二十九日于济南

新加坡之旅

新加坡属于热带海岛，一年四季都是热天，没有春夏秋冬，只有旱季和雨季。

沙太的女儿女婿和三个外孙，因工作原因在新加坡的三一神学院居住，沙太是去探亲在新加坡住了一个月，把新加坡、马来西亚及印度尼西亚的情况了解了个大概。

新加坡是从马来西亚分离出来的一个面积很小的国家。新加坡在已故领袖李光耀先生的领导下，从一个名不见经传的小渔村迅速发展成为亚洲四小龙之一的国际金融城市，这是人类发展史上的一个奇迹。

圣淘沙

在新加坡有一个集吃喝玩乐于一体的地方，叫圣淘沙。圣淘沙的自然景观不错，建筑色彩别具一格，这里还有一座环球影城。沙太的小外孙们喜欢环球影城内的童话世界和变形金刚影院。变形金刚影院采用球形放映技术，让观众好像置身于宇宙星球之中，正在参与一场机器人大战，很动感也很刺激，小外孙们在观影中情绪激昂，看完一场以后还要求再看一场。

圣淘沙可以供游人娱乐的项目很多，各种互动和电动游戏让孩子们一玩儿起来就忘记了时间。那次去圣淘沙，从上午十点一直玩到晚上天黑，小外孙们的肚子饿了，腿也没有劲儿了，才算歇下来。

圣淘沙有一家香港人开的粤菜馆——德泰隆。它家的小笼蒸包很有名气，比得上天津的狗不理。玩了一天的小外孙们个个像小老虎般的，把刚刚上桌的六笼小笼蒸包吃了个干净，还在喊着没吃饱。姥姥可不能饿着小外孙啊！继续再上，那一晚小外孙们吃了整整十笼德泰隆的小笼蒸包，一笼是十个十笼就是一百个。在圣淘沙的泰国餐厅，沙太吃到的最喜欢的菜是加拿大海蟹，虽然价位是高了些，但那海蟹的味道堪称世界一流！

新加坡人民在李光耀先生的带领下，勤劳治国，当自己富裕起来以后，新加坡人民不忘帮助周边的马来西亚和印度尼西亚的贫穷农民。在新加坡的基督教会，设有专门回收旧物品的回收中心，每天都会有大量的居民将家中闲置的各种物品送到这里来。

有些家电、家具、箱包和衣服大部分是八成新的。这些物品会由专人进行分类、消毒、打包。然后被运送到马来西亚和印度尼西亚的乡村，去帮助那些有需要的弱势群体。

兰花园

新加坡最有特色的公园就是兰花园。其中许多珍贵的兰花品种都是新加坡的园艺师自己精心培植出来的。兰花园中的兰花千姿百态，争相斗艳，沙太是不停地拍照，想把

这些无比娇艳、色彩斑斓的兰花都定格在照片里。那一日小外孙们拿着两架索尼照相机分别来拍兰花和人像，愣是把两架照相机的电池都耗干净了。兰花是个很娇贵的花种，在气候干燥和寒冷的地方根本活不了。这么多品种的兰花，能在新加坡繁衍盛开是非常不容易的。

新加坡人有两个习惯让沙太刮目相看。一是排队的习惯，不论是购物还是等车，就算只有两个人，还是要排队的，从来没有任何人借理由加塞儿。二是低声说话的习惯，在公共场合，极少有人大声喧哗。

沙太很不喜欢有些国人，在自己的祖国贫穷时，背离亲人和故土，等祖国发展起来了，再来指责国内人是暴发户、没教养。文明是需要时间和环境塑造的。我们有信心也有能力，在不远的未来，让所有的中国人都能像新加坡人一样自觉排队不打扰别人，文明的社会在每一个中国人的努力与期盼下必将建成。

新加坡的面积和山东济南的面积差不多。在新加坡少有种族歧视，每个民族都有相对集中的居住地和商业街。沙太与女儿、外孙们一起去印度商业街，吃到了正宗的印度咖喱，那种怪怪的味道让人难以忘怀。印度的男人很能吃苦，在基建工地上，中午集体吃盒饭，只见他们在地上铺一张油布，各人用手抓起饭团就放到嘴里，省去了存放餐具的成本又不用洗刷碗筷，节约了很多时间。

每一个地区都有自己的生活习惯，只要能让自己方便地解决相关问题就行了。世界是多元化的，没有谁对谁错。

沙太发现印度的女人总是穿着漂亮时髦的裙装，戴着璀璨夺目的宝石、金银首饰。在当地印度村，沙太带着好奇心去逛了卖首饰的商铺，把带有印度风格的项链、耳环、手链、脚链和鼻饰看了个遍，可算是长见识了！末了，沙太买了几件新款的首饰留念。

新加坡也是个高福利、高税收的国家，公民的医疗、教育都由国家兜底，住房也有由国家安排的经济适用房，工薪阶级的月工资一般也就三千新币左右，但人民生活水平居亚洲前列，真是国家小、人口少，好管理。在新加坡，任何一家图书馆、游泳馆和活动中心，都是免费对市民开放的。但新加坡也有身处热带地区的劣势，终年炎热多雨，蚊虫很多，来这里旅行可要注意防蚊虫叮咬。

新加坡的国土面积虽小，但利用率极高。在居民区附近，都设有小树林和健身步道及其他健身器材。小树林里有许多猴子和鸟，那里的猴子不怕人，经常钻到居民家中捣乱，害得小树林附近的居民家家户户都安上了细密的防盗网。

新加坡的社会治安很好，在三一神学院的教职宿舍里，少有人在出门时上锁，学校的自行车、摩托车都是公共交通工具，可免费使用。城市到处是便利店和超市，餐饮业格外的发达。大概是因为天气太热加上工作繁忙，许多人就在餐饮店解决一天的就餐问题。

新加坡与马来西亚和印度尼西亚的许多小岛相邻，很多新加坡的实业家就在附近的小岛上开休闲酒店，以供新加坡人假日休闲之用。沙太与女儿、外孙们来到了归属于印度尼西亚的民丹岛。从新加坡的轮渡码头乘小型轮渡，只用了四十分钟就到了该岛。入住海边上的酒店后，几个小外孙就与岛上的其他孩子们玩耍去了，只见他们像一群撒了

欢的“小疯子”一样，在儿童乐园和游泳池中嬉笑打闹。来民丹岛休假的大多是东南亚的年轻上班族，他们平时工作很忙，趁节假日带着老人和孩子出来放松一下。来这里的上班族父母往往都缩在休息区玩手机或闭目养神，老人则跟着闹腾的孩子走来走去。这么看来，还是小孩子最容易打破彼此的隔阂，很快就能玩到一起去。

有一个来自台湾地区的小女孩叫小明，八九岁的样子。这孩子聪明可爱，就是比较爱哭。只要一不如意，就咧开大嘴放声大哭。为了能让小明高兴起来，沙太让自家的小外孙女去约小明荡秋千，这样有了玩伴儿，小明就顾不上哭了。我们在民丹岛上住了四天，每日在浅海处划船，开沙滩车，在游泳池里游泳，在儿童乐园和健身广场玩各种器械，日子过得很愉快。民丹岛上的酒店餐饮收费也合理，一家五口一日三餐花四百新币

左右就能吃得很舒心了。民丹岛上的泰式按摩很有特点，是一种全身心的放松和享受。新加坡的经济发展相对平衡，大多数人的收入在每月三千新币左右，因为没有医疗、教育和住房的压力，大多数工薪族都有能力在节假日与家人一起去旅游。

新加坡的华人大多数都来自福建和海南，部分华人还保留着说家乡话的习惯。新加坡的官方语言是马来语、华语（现代标准汉语）、英语和泰米尔语。新加坡地域狭小，农业发展受限，国家所需的粮食、水果和蔬菜，完全依靠进口。在新加坡买一个苹果相当于十二块人民币，只要你是赚新币的又是花新币的就没什么，但如果是拿人民币同新币一换算，可就不敢买东西了。新加坡是个贸易港，在这里能买到全球大多数品牌的衣服、鞋帽，同时还会比在其他国家买同品牌的商品便宜不少，这主要是因为新加坡地处交通要道，同时还施行低关税政策，这就打开了自由贸易的大门，让全世界的商品自由通行，促进了新加坡与世界其他国家的交流。

沙太喜欢新加坡，也比较认可新加坡人的治国方针，但还是更喜欢地大物博的祖国。感谢祖国的对外开放政策，我这也是赶上了祖国发展变强的好时期。

人活着，需要一点目标，沙太在六十岁后也给自己定了三个“一百”的目标，即能默谱弹奏一百首钢琴曲、完成一百张工笔画及油画、写出一百万字的文章。我也要好好锻炼身体，向着三个“一百”的目标进军。

二〇一九年十二月十六日于海南五指山

中国篇

平遥古城

清晨，飘起了细雨，让古城的天空颜色愈显深沉。我走在平遥古城瓦灰色的小巷里，被古城那高大雄伟的城墙所震撼。据说平遥古城始建于周宣王时期，古城墙长约六公里，古城较为完好地保留了明清时期县城的基本风貌。

青灰色的古城，在灰色的天空下，愈发显出了历史的厚重感。虽说时光已经把古城侵蚀的处处斑驳、伤痕累累，但它仍不失为晋中平原上的一颗璀璨的明珠。晋商修建的私宅和商铺，有别于徽商和浙商，让人感到处处密闭紧凑，晋商大户人家一般的院落都是簸箕式的，里大外小，可能是为了防偷盗吧。在平遥古城，有许多古典装修风格的民宿，让游客平添几分对旧时光的追忆。但并不是所有的人都敢在这种充满神秘感的民宿里住下，有许多“八字软”的游客就不敢住在这地方。

乔家大院，位于山西祁县乔家堡村，始建于清代乾隆年间，后经几次修缮才有了现在的模样。乔家大院采用砖木结构，讲究风水走向，建筑风格大气又庄重，在晋商故居中独领风骚。乔家人为当地的父老乡亲作出了一定贡献，是值得后代子孙纪念的。

历史就像一位行路人，是一身土一脚泥，一步步从古走到今。已经过去了的年代看似走远，现代人在骨子里依旧流着祖辈的血，你看这乔家大院不还为当地的乡亲们挣着脸面和银子吗？自古“走西口”就是从晋商那里开始的，山西人特别能吃苦，还特别会过日子，西北各地的商道上都流传着“晋老抠”的故事。

游览了三晋大地的古城和私宅大院，我留下了对山西人民走西口、闯蒙满的奋斗精神的无限感慨。

一次旅游，就是一次学习，更是一次对人生的感悟。

二〇〇七年五月二十二日于济南

东海——水晶之乡

初春，沐浴着和煦的阳光，我有幸来到了位于江苏省内的“水晶之乡”——东海。

有生以来，我还是第一次看到这么多的水晶制品。观看水晶母料时，通过专业人士的讲解我才了解到水晶是在什么环境中形成的。大部分水晶颜色艳丽且硬度低于钻石，加上高品质水晶产量稀少，所以人们也把水晶列入宝石的行列。

“水晶之乡”的人民利用自然赋予的独特资源，逐渐形成了完备的产业链。可以说水晶造就和养育了东海的一方百姓，使他们走向了富裕之路。我被眼前这些绚烂多彩的水晶所吸引，当时就下了决心要做一个收藏者，让这些五颜六色的宝石，伴随着我步入新的旅程。这么多年来，我始终觉得人是靠不住的，但安静的石头就不同了。

我不由得感叹，东海真称得上是“水晶之城”。那紫水晶、黄水晶、绿水晶、白水晶等，让人看得眼花缭乱，甚至国外的珠宝商人都不顾路途遥远来到东海，采购他们认为能卖上好价钱的水晶母料或者水晶加工的半成品。好不容易来一趟东海，我索性也批发了不少五颜六色的水晶珠子，说不定过些年还能卖个好价钱。不过转念一想，我还是打算留着这些水晶珠子，虽说不当吃又不当穿的，可总能在闲暇时拿出来欣赏，好满足自己内心的某种需求。在我看来，珠宝就是人们在吃饱喝足以后，用来赏玩的商品。

我觉得，自然界里依然有许多人类没有认识到的东西。人毕竟是有局限性的，这就注定了人不可能把天上、地下的好东西全都攥在手里。有珠宝这样的奢侈品流通，也从侧面说明我们的生活水平可比以前提高了不少，现在谁家还没几件珠宝呢！

东海，一个小城，却成为国内外著名的水晶及其产品的交易中心，想想也是一件很了不起的事情。

二〇〇八年三月五日于临沂费县

小游淄博与泰安

夏日，骄阳似火。我和小妹赶了个大早，沐浴着灿烂的朝阳，乘火车来到淄博的“丝绸之乡”——周村区。

曾有着这样的说法，中国最大的庄是周庄，中国最大的村叫周村。位于江苏省内的周庄，是江南的一大骄傲。这个周村区则在清末民国时期就是北方著名的商贸“旱码头”，是我国北方重要的纺织城。我早就想来这里看一看，只是苦于没有机会。通过这次旅行，周村区整洁宽阔的道路、规范有序的市场、懂道理讲信用的商家，都给我留下了很好的印象。谢谢这里的建设者和老百姓，没有他们无私的奉献，就没有现在美丽的周村区。

周村区是电视剧《大染坊》故事原型的所在地。这里的人世代以养蚕、织布、染布、卖布为生，北方人穿衣盖被多少都离不了当地人的智慧和勤劳。之后，我又去了附近的博山区游玩。在博山区的陶瓷大观园里，我淘到了喜欢的花瓶和工艺美术大师精心绘制的内画鼻烟壶。在得到了这件非常有收藏价值的工艺品后，我好像得到了件大宝贝，那种欢喜真是比吃了蜜还要开心。在我看来，欣赏艺术品是一种特殊的享受。我在上年纪之后最大的感触就是：当还能潜下心来去欣赏东西的时候，就说明自己还有“救”，说明自己还没完全变老！

后来我们又途经新泰市，这可是一座园林化的城市。走进城里就像走进了一个大公园，映入眼帘的是一幅幅色彩斑斓的图画，这里的居民就像是住在画卷之中。在众多的内陆城市里，新泰就像是一个美丽的童话。

二〇〇八年七月六日于临沂苍山

寻梦连云港

连云港，一个我许多年前就想去看看的沿海城市。在游客的眼中，新浦区和墟沟以及西岛组成了今日连云港的风光游览区。过去的渔村变成了今日的城市，我去的时候当地正在搞建设，城市里处处有一种赶大集的氛围。这里的沿海处处是浅滩，楼房盖在半山腰上，一条拦海坝连接着美丽的风景，一座座别墅非常优雅地建造在海滨旁的山腰上。

问了问当地人，这海边的别墅是卖出去了不少，但平时却极少有人住。休闲其实是一种梦想，也是一种奢侈。许多内陆城市的人一时心血来潮，迷恋这海滨的清静，买下了这只能度假用的别墅，大概率是有钱没闲，房子只好闲置着，还要每年缴纳物业费。

我在连云港逗留了两日，了却了自己的“连云港之梦”。感觉当地经济还是需要进一步发展，不断变化的城市有些喧嚣。

前段时间我分别去了五莲县、海阳市和乳山市，感触很深。当一个人到了完全陌生的地方，往往会觉得眼前一亮，这种感觉是非常美妙的。在五莲县广场的西南角，坐落着许多新开发的居民社区。让我十分失望的是，映入眼帘的建筑一流住宅，却像无人管理的荒芜民居。说是居民社区建好后就交给业主委员会管理，没有开发商的事了，但现在完全背离了开发商的承诺。同时，当地盲目的跟风开发海景房，也是一种不理智的行为。

乳山市，真是让我震撼！在那二十公里左右的海岸线上，布满了风格各异、颜色鲜艳的建筑群。一眼望不到边的各色楼群，太壮观了！宽阔整洁的大道上不见几个行人，也少有车辆通行。这样一座美丽的城市，让前去观光的我产生了许多疑问，要多少年那些空房才住得满啊！我有一种感觉，看房其实就是在欣赏他人的“作品”，看到精妙处，我自然也是钦佩那些给房子做设计以及施工的人。

这一路，我最感共鸣的就是海洋市的沙雕展。沙雕展位于海洋市的沙滩之上，面对辽阔的海面，绵延不绝的松林，艺术家将人类历史上的光辉篇章，以独到形式演绎在沙滩上。我看着那一座座精美的沙雕作品，就感觉自己好像与历史重逢了，又仿佛是自己在现实世界里找到了知音。

二〇〇九年十一月十六日于临沂费县

东岳泰山

入秋之后，我接待了从长春来旅游的大表哥一家三口。对于大病一场刚刚才恢复的我来说，这不是一件轻松的事。要接待三个人，只有凭着爱心和耐心才能把事做好。

来到山东，泰山是一定要去的，能攀登泰山这“五岳之首”必然会让这次旅行充满意义。我们四个人，从泰山脚下的红门徒步到中天门，走了足足三个半小时。大表哥和大表嫂不愧是年轻时吃过苦的人，虽说都快七十岁了，但还是咬紧牙关走过了那几千级台阶。可他们二十多岁的女儿却被累得一屁股坐在地上，喘着粗气不愿再迈步。我们只好坐索道从中天门到南天门，单程票价是每人一百元据说这索道设备是从奥地利进口的，这一路还算平稳。

泰山上可看的自然以及人文景点不少。从一九七〇年算起，我这是第十五次登泰山了，感觉自己每次登山时都会从这座大山上获得精神力量。泰山，见证了我的人生，也是我灵魂的“加油站”。

之后我陪大表哥一家还游览了济南的五龙潭、大明湖、趵突泉和泉城广场，中午就去恒隆广场的浙江饭庄吃了顿丰盛的午餐。就这样，我四天的陪游结束了。我的大表哥，是我姑姑的儿子，是一个从小就失去母爱的孩子。在他快七十岁时，才在家人的陪伴下出了趟远门，过了几天与过去不同的日子。在能力范围内带着家人去旅行，这是我照顾家人的方式，就是不知道家人能否感受到这一点。

我的父亲在年轻时就失去了妹妹，父亲很不满意妹妹嫁入的那个家庭。我那可怜的大姑姑啊！在给那家人生了两个男孩儿后，就在饥寒交迫中离开了人世，好像她来到这个世界的任务，就是为别人家生下两个孩子，这是我爸爸心中永远也解不开的结。我始终觉得每一代人都有自己的结，旧中国的女人更像是传宗接代的工具，我的姑姑没有机会读书，一生只认识织布的机器和做饭的家什。毫无疑问，我们这一代人是幸运的，新中国成立后推行的国策之一就是男女平等，女人在新社会完全可以自力更生，闯出一片“新天地”。

泰山，这座承载着中华民族历史文化传承的大山，真的让我感触良多。

二〇一四年九月二十三日于济南

北京国家大剧院

每次来到首都北京，我都是百感交集。今年的十月一日，是新中国成立生七十周年的纪念日。十月一日那天，在天安门前举行了声势浩大的阅兵式。

今年也是内蒙古生产建设兵团成立五十周年的纪念日。纪念日，是对历史的缅怀也是对生活的激励。每年的八月，都有来自内蒙古生产建设兵团的战友自发组织的聚会，来纪念那些大家在大漠中度过的青春岁月。这纪念日对沙太来说可是个大日子，四团的战友组织了六百多名的老战友及家属，到内蒙古杭锦后旗太阳庙农场去聚会。当地的有关部门热情地接待了大家，还特别提出——欢迎“大漠的孩子们”回家！

本来，沙太说好要陪从美国归来的战友回趟当时的连队。但时间不凑巧，只好和大家约在北京见面了。北京啊北京，这是座改变了沙太命运和生活轨迹的城市。沙太五十年前报名参军，就是想去北京军区，这样自己就可以在从内蒙古回济南探亲的途中，路过北京去看看天安门，去看看毛主席居住和办公的地方。在那个时代，在沙太这个十五岁少女的心中，去北京看天安门，就是最幸福的事情了。

再说这场北京之约。那时沙太刚从帕米尔高原回来，身体欠佳，于是就约上红妹一同去北京赴这场战友之约。还记得两年前的九月，沙太约了在内蒙古的战友桂香，在北京西单美爵酒店相会。之后我们还去北京房山看望了刚做完心脏搭桥手术的老班长。在回西单的地铁上，正赶上通勤高峰，桂香被上下班的年轻人挤得够呛，可算见识了北京的繁忙。这回沙太与红妹还是住在美爵酒店，虽说费用不低，但转念一想自己年纪都这么大了，还能出几回远门啊，索性就不“算计”这些了。

五十年的时光过去，大部分战友都已是古稀老人。这谈话之中，永远是叙旧和调侃。聊起许多战友已经去马克思那里“报到”了，又有许多战友疾病缠身出不了远门。聊着聊着也就释然了，毕竟只有少数幸运又活跃的人，才参加了这次纪念五十周年的活动。

以前到北京来，沙太首先要去的就是天安门广场。现在就不同了，沙太最喜欢的事情就是去国家大剧院看演出。北京长安街上的国家大剧院，在沙太眼里可不逊于维也纳国家歌剧院和悉尼歌剧院。

依旧记得，沙太第一次去国家大剧院，还是老班长陪着去的。那时的老班长，走起路来飞快，沙太喘着粗气都追不上。第二次去国家大剧院，是和北大的老排长去看上海芭蕾舞团表演的《白毛女》。第三次是和桂香，看的音乐剧《浦东人家》，我们住的美爵酒店离国家大剧院只有两站地，沙太和桂香走在长安街上。等走到了新华门，我们停下脚步看着宏伟的城门，这时桂香说："这可是个了不起的地方啊！"这次沙太与红妹来北京，沙太买了四张国家大剧院交响音乐会的票，每张二百六十元。沙太把其中的两张票送给了主办内蒙古生产建设兵团五十周年大庆的战友，也是沙太对两位战友表达的谢意。

每次沙太在国家大剧院看演出，都觉得是对自己心灵的一种洗礼。自己从过去不懂音乐到今天能享受音乐艺术，不正是国民与祖国同进步、同发展，一步步走向美好的未来嘛！

二〇一九年十月九日于济南

苏州留园

苏州的留园、拙政园、北京的颐和园加上承德的避暑山庄，正是中国的四大名园。沙太不止一次去过这几个名园。那时的自己太年轻，心浮气躁不懂得欣赏。今天再来苏州的留园，就别有一番感受在心头了。

留园是晚清一位大臣的内宅。留园的楼台亭阁、花草树木，大都蕴含着深厚的传统园林文化。在留园，处处都是诗情画意。甜美而温柔的评弹声飘荡在古色古香的荷花池边，这一切如梦如幻，不禁让沙太陶醉了几分。

生命就像是一次长途旅行。在沙太人生的大多数时候，都是在不同的地方漂泊，反而是在家乡济南的时间并不是很多。沙太想，以后干脆就不置办什么固定的居所，跟着自己的感觉走，走到哪里就暂住在哪里。

留园和拙政园相隔不过几十米，风格很是相似，都是深宅大院、小桥流水，有很多讲究的假山和亭阁，每个园中都设有一个大戏台。在北方的大户人家很少有戏台，看来还是古代苏州官宦人家活得有情趣，日子过得也讲究。

留园的外边，有一家苏州面馆，那碗美味飘香的面搭配上精致的浇头，真让人忘不了。还有苏州的肉粽子，里面的肉真的是入口即化。这两种食物是沙太在其他地方没怎么吃过的，这味觉和心理上的满足，让人难以忘怀。每当沙太想起这些好吃的，就会一并想起苏州的留园和拙政园。这次去留园，是郝姐陪伴着沙太。这两年沙太得了抑郁症，外出需要身边有个人照应着，这件事给沙太最大的感悟就是——要好好珍惜那些当你需要帮助的时候能主动伸出援手的人。

二〇一五年五月十六日于济南

上海世博会

沙太终于圆了参观上海世博会的梦！

在去年的十二月九日，沙太就买了九张参观世博会的门票，在等待中满是对上海世博会之旅的畅想。

五月二十七日的清晨，沙太和临沂项目部的同事们，从费县乘长途大客车，经过八个小时的舟车劳顿，到达上海市浦东新区浦三路的绿洲大酒店，住进了这个舒适安逸的“临时之家”。大家入住的绿洲大酒店，离上海世博会的入口仅有两公里的路程。此时下起了细雨，空气中稍带几分凉意，为了更了解上海，大家决定明天步行去上海世博会的园区。

第二天正是星期五，本来是想躲开周六、周日的参观高峰，没想到和我们有同样想法的游客还是很多的。上海世博会场馆的每个入口都挤满了排队的人，那天进入上海世博会的总人数是三十八万人。出于安全考虑，沙太把来世博会参观的企业优秀员工，分成了三个小组，每组设有一个负责人，规定晚上十一点要回宾馆点名。

沙太和两个女员工一组，由沙太来当组长。我们约定，一定要跟紧彼此，不能走散。这么大的世博园，这么多的参观者，如果走散了那可就麻烦了。结果到现场一看，上万人在八个入口像走方队一样涌入世博园。这才叫人海茫茫无处寻，抬头一望是人海茫茫，回首看去是人山相随啊。沙太长这么大也是第一次在同一地点看见这么多的人，太壮观了！

排队预约后才发现，有的热门场馆是要排三个小时以上的长队才能进馆参观的。沙太的参观原则是尽量不排队，把有限的时间用在游览参观上。亚洲广场有许多国家的展馆是不排队的，沙太和两个女员工就开心的先去参观那些不排队的场馆了。在上午的游览中，最让沙太赞叹的是亚洲广场伊朗馆的波斯挂毯。那是精心编织的美丽艺术品，看了之后就让人产生对丝绸之路上沙漠文明古国的向往。

那些手持针线的艺术家啊，他们是有着何等细腻的技术，才能向世界奉献出如此动人心魄的作品。据说，高规格的波斯地毯得用十五年才能织成。在黎巴嫩的展厅，沙太意外地收获了两个有当地民族风格的手镯，还戴上特制的眼镜观看了播放黎巴嫩山水风光的立体电视，这立体的画面就是和平面的不一样，展示的风景图像一下子就有了层次，好似身临其境。就这样，我们在亚洲馆慢慢走着看着。

时间过得真快啊，不知不觉已到了中午时分。好在世博园设了许多游客饮水点，我们渴了就去喝几口纯净水，饿了就吃自己带来的饼干、面包。世博园的卫生间密度是可以比得上机场的，这也是园区里少有的不用排队的地方，单凭这一点就让我很满意。

到了午休的时候，在园区里逛累的人坐满了长廊。趁着排队进中国馆的人越来越少，沙太跟着参观队伍走进了中国馆。作为东道主的场馆，中国馆也是整个世博园中相当好看的综合馆。在中国馆，有五彩缤纷的场景向参观者展示重庆的嘉陵江山城、安徽的屯溪老街、陕西的华清池、贵州的黄果树瀑布、广西的阳朔西街等。

人们从四面八方而来，就是想见证这世界级的展会，同时还能不出国门就能盖上几十个国家的护照签章。时间到了下午一点半，沙太和两位姑娘继续游览剩下的场馆。这不，现在我们就要排队购票，然后乘电动车去拉美广场了。

在美国馆，起码要等三个小时才能进场。无奈，我们只好去非洲馆，场馆里做生意的非洲参展商并不古板，顾客相中了的东西是可以还价的，于是沙太就买了两块好看的石头。其中，南非馆是以世界杯为主题进行设计的，整个场馆充满了运动的气息。

到了下午三点，我们三个实在是走得太累不想继续游览了。于是沙太请两位姑娘到阿根廷的展厅，去品尝南美风情的牛排顺便欣赏拉丁舞。感觉花了一个小时来休整也是值得的，阿根廷风味的牛排可没白吃，三个人又有了力气，终于在“冲出”亚洲馆，走出非洲馆，穿过大洋洲馆之后来到了欧洲国家的展厅。

在乌克兰、白俄罗斯、阿尔巴尼亚等东欧国家的展厅走了一圈后，就是没进俄罗斯的展馆，还是因为排队太久的缘故。东欧国家那独特的民族风情画，给我们留下了深刻的印象。之后，不论是土耳其的环绕立体声，还是葡萄牙的超宽银幕，都用不同的形式，向游客展示着不同地区的人们对未来城市生活的设想。环保、低碳，是上海世博会的主题。在瑞典的展厅里有老人、孩子在玩秋千，展厅布置也充满了田园风情。太阳落山了，游玩了一天的大家都十分疲惫，但在吃了特色点心后大家又来了精神，“爬上”了华灯四射的童话世界——荷兰馆，这才叫高处览众彩。世博园的夜景真好看，大家都感觉自己像是进到了童话世界里。

入夜后的凉风吹在身上很舒服。这次是真走累了，两位姑娘躺在卢森堡展馆公园的长椅上不愿起来。离闭馆还有一个小时，我们觉得一定要去意大利馆和英国馆看看。夜深了，很多场馆也不用排队。三个女人可以快步匆匆地穿越那一排排的护栏，脚下有不少白天排队的人扔下的果皮纸屑，真是不文明。但也不能完全怪排队的人没教养，这队一排就是几个小时，人挤人的完全不敢离开队伍啊。

还好我们去了意大利馆和英国馆，意大利馆的超大时装展，英国馆那刺猬形状展厅，就是与众不同啊。

晚上十点四十分，我们迈着疲惫的步伐，艰难地走出了世博园的八号出口。又是排了一阵队后，我们终于打车回到了绿洲酒店附近。在夜行回宾馆的路上我们三个去吃了阳春面。

真是过瘾！一路上我们都很顺利。上海世博会之旅给沙太留下了这样的感触——人生最大的幸福是被别人需要，但奉献远比索取更重要。

二〇一〇年六月十七日于临沂费县

新疆是个好地方

自我一九九三年七月第二次去新疆伊犁后，一晃十七年过去了。新疆在我的记忆里已经变成了遥远的地方。

为了答谢临沂项目部耀总这几年来对我工作上的支持，我安排了这次的西北之行。我找到了过去在生意上的客户洪厂长，洪厂长的亲戚正好在乌鲁木齐从事旅游业，刚好可以接待我们，这就免去了许多不便。飞机是下午四点在济南起飞，中途停靠西安，晚上十点到达乌鲁木齐机场。等我们被安排住进位于市中心的颐中园酒店时，已是午夜十二点。为期四天的西北之行中的第一天就这样过去了。

乌鲁木齐在天山北麓，准噶尔盆地南缘，是世界上离海洋最远的城市。第二天一大早，我们就乘豪华中巴赶往天山天池景区。驱车路过达坂城的风力发电站时，只见茫茫的荒野里，矗立着一排排的风力发电机。这里呼啸的狂风能把人吹得东倒西歪，在达坂城这个地方修建风力发电站可是个好主意。我站在路边想拍几张照片，却被狂风刮走了帽子和眼镜，这使我一下子想起了在内蒙古大漠冬季刮起的“白毛风”。

经过这么多年的发展，新疆的高速公路建设取得了出色的成就。七月的济南酷暑难耐，此时的新疆却是早晚清凉，昼夜温差很大。到了天池景区，望着那从天山上，打着滚呼啸奔腾向东流的雪融水，沙太顿时就浑身充满了凉意。天池，位于乌鲁木齐以东四十五公里左右，是著名旅游胜地。天池形状狭长，是冰川运动形成的冰碛湖。那天，恰逢下起了细雨，游天池的人们纷纷穿起了租来的羽绒服和棉大衣。我在济南被酷暑煎熬，想好好凉快一阵，就只搭了一件薄坎肩，刚开始被冻得浑身发抖，后来就逐渐适应了。细雨模糊了游人的视线，湖边雾色朦胧，只有静下心来，沿着湖边的小路慢慢地走一走，才能见到天池的真面目。在天池旁边还修有一条木板栈道，在海拔一千九百米以上的地方走栈道，真是别有一番情趣。

在天池，我们吃到了美味的芝麻馕，品尝了鲜美的鱼肉。当地河流以及湖泊水温低，鱼的自然生长期长，鱼肉就格外地鲜嫩。游览天池最让我难忘的还是雪山上流下来的那奔腾的雪融水，真是“飞流直下三千尺，疑是银河落九天”啊。那是大自然对人类的恩赐，也是滋润戈壁的生命之水。

告别了天池，我们拜访了天山脚下的哈萨克牧民，听哈萨克小伙儿弹起冬不拉唱着古老的情歌，和哈萨克姑娘一起跳着欢快的舞蹈，在这帐篷里，圆了那远方客人的新疆之梦。导游向我们介绍了哈萨克族的风俗习惯。其中世代赡养老人的传统，让我特别感兴趣。说是为了让自己的父母老有所依，哈萨克人立了一条规矩，父母的长子要将自己长子托付给父母，这样一来等孙子长大了就承担起赡养爷爷奶奶的义务。哈萨克人的这种养老、敬老的优秀民族传统，是值得我们尊敬和学习的。

从天池游览归来后，导游就带我们去了和田玉专卖店，我虽喜欢那柔润洁白的和田玉，却也只能饱饱眼福，感觉太贵了，快赶上钻石的价格了。晚上，洪厂长弟弟一家人在酒店招待我们，在充满热情的氛围中，我喝了伊犁特曲酒，吃了独具新疆风味的饭菜，洪厂长也特地从霍城那边赶来与我叙旧。一别十七年，虽说只是生意场上的合作伙伴，可新疆人的热情却非同一般。

第三天的早上，我们乘巴士赶往吐鲁番。吐鲁番在新疆的中部，是古代丝绸之路北道上的重镇。一进吐鲁番，人就被热浪“打”得汗流浃背，像是钻进了火炉子。昨天在天池还要穿棉衣，今天到了吐鲁番披纱也嫌厚。这忽冷忽热的，我是真怕把自己的身体搞出毛病来。

在吐鲁番的生命井——坎儿井景点，我被坎儿井的历史所震撼。吐鲁番的年降水量太少，根本不能指望用来灌溉农田，而坎儿井是由地下暗渠输水，蒸发量小还可以常年自流。当年来这里的先辈，只是为了寻求一方可繁衍生息又远离战乱的土地，但常年少雨干旱的吐鲁番，没有水让人怎么耕种？当地人只好在雪山脚下，开凿了一条一条的地下暗渠。为了便于维修，每隔二十米就修一个井口。这一条又一条网状的坎儿井，把雪山上的雪水从地下缓缓引到了吐鲁番，真是太了不起了！

吐鲁番很热，我感觉这地方连苍蝇、蚊子都活不了。我们在当地葡萄种植园的果农家里做客，听大家讲这里昼夜温差大，夏天夜晚的气温并不高，老乡们就睡在院子里。清凉的雪山水沿着水渠，从老乡的庭院中流过，让整个院落都充满了生机。当世人赞美吐鲁番的葡萄的时候，很少想到这甜美的葡萄是多么来之不易。

火焰山位于吐鲁番盆地北缘，由红色砂岩组成，犹如一条赤色巨龙卧在戈壁大漠上，山上寸草不生，在夏日阳光的照射下，山体好似火焰在燃烧。在火焰山景区，温度计显示的是四十五度。人热得连汗也不出，看着火焰山，沙太却想起唐僧师徒去西天取经，孙悟空向牛魔王借芭蕉扇的故事。

交河故城，是世界上最大、最古老、保存得最完好的生土建筑城市，也是我国保存两千多年最完整的都市遗迹，唐西域最高军政机构安西都护府最早就设在交河故城。现在这里只有沧桑的历史遗迹，周边是一望无际的戈壁滩。烈日当空，来这里的游人往往只是草草看看古城遗址便离开了。

从吐鲁番回乌鲁木齐的途中，看着那一望无际的戈壁滩，我不禁沉思，祖国幅员辽阔，但可供耕种的土地却远没有想象中的多，难怪国家要颁布各种法律法规来保护耕地。

这次去新疆旅行真是路远迢迢，前后一共四天，把人折腾得够呛。好在沙太觉得很值，也记住了新疆那些美丽的风景。

二〇一〇年七月二十六日于临沂费县

浙江战友聚会

六月十二日，一个看似平平无奇的日子，多年以前却是内蒙古生产建设兵团中浙江路桥的战友到达内蒙古大漠的日子。应浙江路桥战友的邀请，我们四团一连的几位战友，从四面八方赶到了台州的商埠古镇——路桥。

其实，在四十一年前，沙太就靠着同炕浙江战友的口述，神游过路桥了。在塞北的荒漠，每到夜晚，我们这些离开家乡的孩子都会想家。想家时，浙江战友就会给我讲她那江南水乡。青石板小路、木板二层小楼，街上有挑着可口小吃的商贩，一边走一边发出叫卖声来招揽客人，一座座小桥把小镇连接起来。

今天的路桥古镇，经过一番整修，还是保持了四十一年前浙江战友描述的那种小桥流水的样子。浙江的战友真的很用心，他们在招待上尽心尽力。在浙江与战友相会的日子里，我感觉到大家的无奈和平淡。任是谁也没有了少年时代的意气风发，相互之间说话也小心翼翼，好像一不留意言语间就会刺痛了谁。有的战友除了打扑克牌就是抽烟、喝酒，有的战友连普陀山也懒得去爬。

这几日天公不作美，常常大雨倾盆。不管天气怎样，老战友们都特别守时，没有一个人在规定的时间内不归队，这就应了美女导游的夸奖：“这是我带旅行团以来，遇到过的最守时的团员。”

岁月沧桑，我们一连的队伍里，最大的已经七十一岁，最小的是我，今年也已经五十七岁了。入伍四十多年后，五十七个战友还能相约去浙江游山玩水，实在难得啊！大家年龄越来越大，身体也经不起折腾了，就像老兵卢全龄说的：“要不是为了战友相会，谁也来不到这交通不便的台州路桥，更不会冒着一连几日的滂沱大雨走东串西。”是啊，七十老翁冒雨游玩溪口，还去参观蒋介石的老家，旁人是很难理解的。

浙江之行，让我难以忘怀的不仅有浓烈的战友情，还有宏伟的舟山跨海大桥、温州雁荡山、神仙居、普陀山。再会了，亲爱的兵团战友；再见了，美丽富饶的浙江。

二〇一〇年六月十九日于济南

苏州、杭州、上海

这次出行是我和丽姐一起。我们先坐高铁到了苏州，在中国四大名园之一的拙政园，一起观赏了明代贵族庄园的园林石雕。坐在极具江南特色的盆景院中，花团锦簇、清风习习，在这环境里喝口清茶就消解了旅途的疲惫，再吸一口江南的潮润之气，真是好惬意啊！

苏州的出租车司机力荐我们去留园游览，在我看来拙政园既有留园的精华也有狮子林的特色。仔细想来这是一九七九年后，我第二次到拙政园了，只叹园中景色依旧，人却白了少年头。一晃这么多年过去，真是岁月催人老啊！苏州圆了我们看小桥流水人家的梦，我们还吃到了正宗的苏州面食，那味道真是好极了！

晚上，我们乘大巴车来到杭州。因为旅途中多有不便，一路上我们都不敢喝水。结果我和丽姐在晚餐时愣是喝了一大杯扎啤，那种爽快的感觉真是久违了！第二天我们起了个大早，拉着行李走了大约三站路后到了杭州东站。我们被杭州东站的整片的绿地给震惊了，去过全国许多高铁站，但像建在花园中的高铁站却是头一次见。站内设施的现代化、人性化都很强，我觉得有的设施比首都机场的三号航站楼都要好。

这人不服老不行啊。在现代化的设施面前，我们知道自己落伍了，连买车票、存行李的自助机都不会用，只好向旁边的年轻人求助。当自助机找零钱时，那落硬币的情景真像母鸡下蛋，听我这样说，丽姐笑得都直不起腰来。很开心，同时也学到了不少东西。旅行就是好，一边走还能一边满足个人的求知欲。

美丽的西湖有着太多动人的传说。“啊！断桥呀，桥未断，我的心已碎了啊——”看那湖中屹立的断桥，我仿佛听到了白娘子的呼喊。苏堤上杨柳依依，有好看的楼台，附近就是三潭印月。我们乘游船，慢慢驶向西湖中心，看着湖中美景竟有种陶醉的感觉。再好的景色也不过是过眼烟云，那就多拍些照片留念吧！在返程的游船上，丽姐问我以后还想去哪儿玩。我说想坐大游轮，围着地球转一圈，也许这只能是个难以实现的梦想吧。

我是老了，现在写点东西都很费劲，这连一千字都不到就得停下来休息。接着昨天的思路往下缕，后面我们是去龙井村了。

一九九七年，我去过狮峰龙井村。那时的龙井村村民住的还是砖瓦木门水泥地的小院。现在可大不一样了。家家户户都住上了华丽的小洋楼。这些年，茶农的生活得到了极大的改善。之所以西湖边上生产的茶叶取名叫龙井茶，是因为这里的村口有一眼水井，其名“龙井”。我和丽姐从这井里打上来一桶水，用清甜的井水洗洗手、洗洗眼睛，图个吉利。

在当地一对茶农姐妹的带领下，我们登上了狮峰山的茶园。那一片片散发着茶香的葱绿色的茶园，层层叠叠地嵌挂在狮峰安逸的山峦上。在这里喝的龙井茶，那可是从茶树上摘下来的鲜茶尖儿，淡淡的茶香沁人心脾，让人陶醉啊！中午在卖茶的姐妹家吃了农家饭，这一趟下来就圆了我去龙井村品龙井茶的梦。

在杭州的丝绸大世界，我和丽姐被那些类似风景油画、水墨画的丝绸工艺品惊呆了！太漂亮了！我们一连几个小时不知疲倦地出入于一家家丝绸店铺，真是大饱眼福。感觉有些丝绸衣物看着耀眼，可一旦穿在自己身上就不太协调了。

从杭州到上海坐高铁不过一小时。不巧我们到上海的时候正碰上晚上八点的通勤高峰，我们只好去坐地铁由二号线转四号线，到酒店所在的金沙江路，哪知从二号线到四号线的转车通道只有楼梯没有电梯，丽姐就拽着两个行李走得很辛苦。到了金沙江路，我们又走了四十分钟还是找不到酒店，只好打出租车。直到晚上九点半，我们才到达酒店。

我们这次来上海是为了参加朋友孩子的婚礼。朋友给我们安排的酒店档次很高，吃住都很方便，距离婚礼现场也很近。六月十四日，是朋友儿子、儿媳举行婚礼的大喜之日。婚礼定在晚上六点十八分开始。晚上举行婚礼，据说是上海人的习惯。朋友今晚真漂亮，一件淡粉色的旗袍穿在身上，看起来年轻了不少。婚礼从始至终都安排得有礼有节，新娘子也是知书达理，我也为朋友一家高兴。

婚礼结束后我们打算去市区看看。不一会我们就走在了上海南京路的十里洋场上，开始感受上海这座国际化大都市的繁忙氛围。在路上我们碰到一队跳芭蕾舞的民间艺人，他们在《白毛女》的旋律中翩翩起舞，那优美的舞姿吸引了众多的游客。领舞的是一位年过半百的男士，看他跳得是那样的忘我自如，好像是在舞台上演出一样。我就是喜欢做起事来能到忘我境界的人！可惜现在这样的人是越来越少了，太多的人缺少这种忘我的精神。

为期四天的旅行结束了。我不能忘怀的是来自朋友的诚恳与信任，是丽姐和我一路说的知心话，她的那些话语打开了我的心结。在此次旅行中朋友之间的相互关心和照顾，让我体会到许多。同时，我也感谢这个繁荣昌盛的时代。

二〇一四年六月十八日于济南

念念不忘，必有回响

去年的八月一日，在北京的官园公园，内蒙古生产建设兵团一师四团的兵团战友，共同庆祝赴内蒙古大漠四十周年。当时与战友相聚时，我与老班长约定今年夏天在山东相会。我们这些在大漠度过了青春时代的兵团战士，现在都已是爷爷、奶奶辈的人了。不管怎样，皇天后土待我们不薄。记得当时大车班的战友还略带悲凉地说："大家一个个的都老得不像样子了。"我感觉还好，大多数人的精神头还在。我们如今生活在城市里，享受着改革开放所带来的赫赫战果，什么高铁、互联网，这些都是过去连做梦也想不到的东西啊！

然而，在我的记忆里还有一个承诺没有兑现。那是一九七六年二月的一天，隆冬的戈壁寒气逼人，北风呼啸，黄沙滚滚。在连队的大渠边上，内蒙古籍的战友桂香跟我说着道别的话。七年了，明天我就可以回山东老家了。看着这伴着我们成长的营房、大渠和田地，心里还真的有些恋恋不舍。我问桂香："我们都要走了，你以后有什么打算？"桂香回答："还能有什么打算？找个男人嫁了，生儿育女过日子呗。"听了桂香的话，我久久没有接话茬。问桂香："你有什么梦想吗？"桂香答："我真的做过一个梦，梦到我去了一个有许多鲜花的漂亮城市，那里很温暖，还有大海。”当时大家生活都比较困难，就连吃饭、穿衣都成问题，而那不知天高地厚的我，竟然当场就向桂香承诺，一定会帮助她实现这个梦想。

毫无疑问，个人的命运是与祖国的命运紧紧联系在一起的。三十八年过去了，弹指一挥间。就这样一个普通的梦想，实现起来可真不容易啊！感谢老战友帮忙，在回访内蒙古大漠之时，帮我在杭锦后旗的镇子上找到了已退休在家带孙子的战友桂香。就这样，老班长、桂香和我，就要在海滨城市日照相聚了。三十八年过去，祖国发生了天翻地覆的变化，桂香梦里的鲜花与温暖的海洋，已经成了老百姓日常生活中的寻常事儿，我们是多么有福的一代人呀！我们参与了国家的建设与发展，也亲眼看到、亲身享受到了祖国母亲的繁荣和富强。

我和热心的工作搭档耀总，在日照火车站迎接了离别三十八年的战友桂香和老班长。为了兑现我三十八年前许下的诺言，为了实现桂香年轻时的梦想，我们先从海滨之旅开始。日照，过去只是个渔村，近二十年来，日照海滨盖起了不少度假村和假日小区，在海滨万平口一带还建起了奥林匹克体育公园。海边栽种了大片的松林，有蓝色的大海又有白色柔软的沙滩，绿色的松林加上欧式建筑群，把往日的运煤码头打造成了夏季休闲度假、观海戏水的美丽景点。

到了这个年纪，战友之间相聚一次可真不容易。为了让桂香和老班长能吃好、玩好、休息好，吃饭和住宿我都安排了当地规格最高的场所。下午先游览奥林匹克公园，晚上看海滨露天喷泉秀，第二天中午在海水游泳场游泳，老班长玩得很开心。我有许多玩伴，能跳舞唱歌，又能爬山游泳的只有老班长这么一位，真是难得啊！老班长是北京南下的山东籍革命干部的后代，儿时跟着父母从贵州来到北京。她性格独立倔强，爱学习肯吃苦，在兵团挑选工农兵大学生的体检时，检查出患有严重的心脏病，病退回北京的四十年间，她曾三次在阜外医院做了心脏手术，换过四个塑料和一个钢结构的二尖瓣，每次手术都是从阎王殿里走一遭。

在海水泳池里，我和耀总以及老班长比赛蛙泳，老班长还总是早一个身段比我们到达终点。我佩服老班长对生活的态度，只要还有一口气，就奔着自己想要的生活目标前进。桂香是第一次看到大海，她既新奇又兴奋，满足地说："真好啊！我终于看到大海了！"内蒙古的乌兰布和沙漠与日照的万平口海滨，一边是西北边陲，一边是内陆海滨，相隔八千里路。如果不是国家富强，百姓兜里有了闲钱，我就是再有心去圆桂香的梦，也是瞎子点灯——白费蜡啊！不要自我膨胀，认为自己有啥本事与能耐，什么是真正的福气？生活在好时代，才是最大的福气！

耀总开车把我们送到了青岛崂山。崂山是道教名山，自然风貌秀丽巍峨，历史文化底蕴深厚。桂香这些年有点发福，体力也没有以前好，我们只好乘索道去山顶。崂山的索道连个外罩都没有，我吓得闭上眼睛适应了好一会儿。去山顶的觅天洞，需要爬一个陡峭且潮湿狭窄的隧道，老班长和耀总都默不出声地走在前面带路，洞里漆黑一片，伸手不见五指，我们买了一个手电筒，由耀总拿着给大家照明。

通往洞口的上行台阶很窄很陡，每次只能供一个人爬行，大家一个接一个地屏着呼吸往上爬。突然，桂香大声地喊了起来："妈呀，我不爬了！太可怕了，我要出去！"听到这样的声音，我是哭笑不得："出去？上哪儿去啊？就这么宽的通道。你趴下跟紧我，慢慢地爬出去！"结果还是不行，于是我换到了桂香的身后，用胳膊和手推着桂香的背，好不容易才帮她慢慢爬出了觅天洞，终于看到了海天相连的美丽风光。

与战友分别已有三十八年了，每个人都跋涉在生活道路上，其中的酸甜苦辣只有自己清楚。我们四个来自不同地方的老兵，有着相似的命运，就是都在改革的浪潮中拼搏奋进，谁都尝过这浪潮里海水的滋味。

崂山风景如画，盛夏中的凉爽也缓解了大家的疲劳。青岛的五四广场和八大关，都是红瓦绿树碧海蓝天的旅游胜地。在青岛八大关的"在水一方"洗浴中心，桂香第一次享受到了周到的服务。五四广场上的鲜花如潮，让来自大漠的桂香饱了眼福，圆了三十八年前的梦想。后来老班长从青岛直接回北京了，我就陪桂香又在济南游览了大明湖、趵突泉和泉城广场。整整二十一天，我和桂香游览了日照、青岛、临沂和济南的名胜古迹，兑现了我三十八年前在塞北大漠水渠边上许下的诺言。桂香说：“当时，我也就那么一说，没想到让你记了大半辈子！”我是个很较真的人，说过的事就要努力地去实现。不然话都讲了又不去做，这算哪门子事啊！

二〇一四年七月十二日于济南

延吉、长白山、长春、秦皇岛

通过这次旅行，我又有了不少诉说世间冷暖、话聊天南地北的谈资了。让我先说说自己的感受吧。

七月十七日晚十点五十七分，我和曾在一起工作过的朋友登上青岛至延吉的列车。在卧铺车厢，我们遇到了几十个从锦州到山东参加夏令营的孩子们。孩子们利用暑假，由老师带着去泰山、孔府等地开阔视野、增长知识。我是很赞成这种书本和实地调查相结合的教学方法。列车运行中途靠站停车的时候，上来一位九十岁左右的老人，他由年过五旬的女婿背上卧铺车厢，因为在把老人放到下铺时不够稳当，老人的女儿责怪丈夫是“野蛮装卸”。列车经过二十九个小时的运行，在第三天清晨五点到达终点站延吉。我在长途列车上的感受就是现在列车上的厕所没异味很干净，还有就是自己像个“笨狗熊”一样行动不便，每次回中铺前都要先下一番“决心”。

我们住在离延吉火车站两分钟步行距离的民宿旅馆，一个房间每晚五十元，卫生条件还可以，洗澡和上厕所要在房间外边。延吉的吃、住都很方便，价格也合理。我们在百货大楼餐厅朝鲜小吃部吃到了正宗的朝鲜冷面，那面又酸、又冷、又辣的劲儿，真让人难忘。七月十八日，我们跟着旅游团去了防川风景旅游区。

参观了中朝、中俄边境的跨河大桥，看到了图们江的江水滔滔东流去，参观了让中国痛失领土的张鼓峰事件纪念馆。这大江边的沙漠，又让我想起塞外的乌兰布和沙漠。年轻的女导游用充满神秘的语言色彩，向游客诉说着江那边的两国在边境线上发生的故事，真是“萧瑟秋风今又是，换了人间”。

长白山，是我许多年来梦幻中的地方。

清晨四点，我被手机来电的铃声惊醒，对方用急促的语言说：“快来集合啊！你现在在什么地方?”

我答：“啊？在离火车站两分钟的民宿旅馆。”

他很不耐烦地说：“快到大洲酒店来，一车人都在等着你俩呢!”

我开始从梦境里走出来：“你说什么？不是七点才集合吗?”

那边的导游急了：“阿姨，是你记错了，四点不是七点！我们等你几分钟，快点!”

我和朋友用了八分钟，完成了起居后的准备工作，我连鞋都没有提上，就一溜儿小跑着冲向了火车站。等我们上了大巴旅游车，那司机就迫不及待地开车驶向长白山方向。

一路上，导游不停地向大家说着套话，标榜自己是赵本山的徒弟，在导游的单口相声中，大巴行驶了四个半小时，来到了长白山风景旅游区。好远啊！从延吉到长白山竟然走了快五个小时的车程。长白山的进山大门就像大都市的火车站，很是气派，足有四层楼高的进山门楼，一下子就把游客给镇住了。进山口的大屏幕上，把游客现在在哪个方位，主峰和各个旅游点现在有多少游客，都显示得清清楚楚。那天上午十点，进山的人已有一万左右，导游说如果是周末进山的人会超过三万。

长白山中有东北虎、猞猁之类的野生动物，所以游客乘坐的进山的车底盘很高，也是车窗几乎封死的特制旅游车，并且车子只能行驶在固定的旅游线路上，游客也只能隔窗观赏长白山的风貌。

从山下坐车到游客换乘中心，车程是四十五分钟。凭着自己去了解，感受长白山是半句空话，隔窗只能看到植被的生长状况，其他任听随车导游解说。长白山上的主要树木有黑松、落叶松两种。这个时节我是分不清这两种的。据说到了冬天就不同了，黑松终年不落叶且生长缓慢，在所有松树种类中，黑松释放的负氧离子最多，堪称大自然的清道夫。落叶松到了隆冬，叶子就基本掉光了，但生长速度快，夏季枝繁叶茂。自然界中的动物、植物的作用都是相互关联乃至互补的，所以人也需要互补啊。旅游车行进到海拔两千米左右时，我发现山上的土层就很薄了，山坡上只见一片片矮矮的绿草，我随身带的水杯由于杯内有一个出水孔，就是没人碰水杯，这水也不停地往出冒。

在半山腰的运动员训练基地，我们又换乘小面包车驶向长白山主峰。长白山没有修索道，上山全靠一条沿山公路。那小面包车司机像在玩旱船，游客一会儿被甩到座位左边，一会儿又被甩到座位右边。车外飞沙走石，山路险峻，让人感觉汽车随时会掉落山崖。年轻的司机完全不在意游客的惊慌，乘客可被惊得捏着一把汗。一路惊吓二十多分钟后，到了海拔近三千米的长白山主峰。只见主峰上狂风呼啸，卷起飞沙让人难以前行，霎时间，眼睛、耳朵、鼻子里全都被灌了沙子，我的鼻子更是在几分钟内就充血肿胀起来。尽管天气极端恶劣，人们还是围在山顶祈盼好运的到来。中午十二点多，天色突然变亮，大约只有十几秒钟，那些一直举着照相机，镜头对着长白山天池的摄影者，幸运地拍到了天池的真面目。等我们挤到栏杆边时，老天爷却突然变了脸，是乌云密布、风雨交加，风沙也吹得人根本睁不开眼睛，这就是我在梦里呼唤过的长白山主峰，这风雨飘摇的地方，我可不敢久留。十几分钟后，我们又乖乖地乘坐“旱船”般行进的旅游车，回到了运动员训练基地，找导游报到了。

长白山的温泉是露天温泉，可我见到的那温泉，满打满算深度也不会超过十厘米。话说我们那车的导游也挺可笑，在车上收了要洗长白山温泉的游客一人二百元，人们看着那山间冒出的汩汩温泉，散着热气向山坡下流去，留下的是薄薄一层硫黄。这样的温泉是能洗手哪还是能洗脚呀？幸亏旁边设有一洗澡盆大的洗手池，人们争相挤着到温泉池里沾沾水，就算洗了温泉。看来那自称赵本山的徒弟，也是临时被拉来带散团的实习导游，说了外行话，又闹出了笑话。上车后，导游就把收的洗温泉的钱还给了游客。大家谁也不吭声，就像啥事也没发生过一样，免得导游又一次尴尬。长白山瀑布坐落在半山腰，瀑布落差十八米左右，我想，既然来了就去看看吧。

离导游规定的集合时间只有一个半小时了，又正值中午十二点半，游客是人饿腿乏一点儿力气都没有。这还要“感谢”这位导游，他把旅行社安排的午餐定在上午九点，于停车途中的小饭馆用二两米饭和一小撮炒土豆丝就给对付了，光这一餐估计他是赚了不少。这也是我许多年来跟团旅游，吃得最寒酸的一餐。我不禁在心里暗骂，这点午餐费导游都“搜刮”啊。忍了吧，在人家这一亩三分地上。出门在外得过且过。无奈，只好边走边吃西红柿充饥。我那旅伴，原本很少出门，见什么都好奇，一会儿就跑得没了踪影，我就一边往前走一边去找她。这一路上，到了该拍照的景点，朋友就站在前面，不是伸着两手向着半空，就是露出牙齿喊：“茄子！”我就是她的“专职摄影师”。等我好不容易找到了她，就严肃地说：“山上人山人海的，为了安全你可不能一个人乱跑。咱俩要彼此照应，到了拍照的时候，互相拍几张啊。”朋友也看出我不高兴了，于是就说：“知道了。”

在瀑布通往进山大门的林间小道上，我陶醉于这壮美的大自然。那青绿色的大山，那从高处撒着欢翻滚下来的溪流，那松林中的嬉闹鸟儿，还有那安逸闲适的蓝天白云，不枉我千里迢迢、披星戴月地来这长白山一趟！

旅游业现在是长白山地区的支柱产业，当地政府也是全力扶持，产业相关的吃、住、游、行和购物等领域的配套设施，投资建设了不少。长白山，这养育东北各族人民的大山啊！如今通过旅游业变成了长白山脚下百姓手中的“金饭碗”。在回延吉的路途中，我们被安排到朝鲜族老乡家，以一百元钱一棵的价格买了三棵人参。朝鲜族老乡说，这是在林下长了五到十年的林下参，有滋阴壮骨的疗效。延吉，是朝鲜族集居的美丽小城。我在延吉找了一家照相馆，照了一张穿着电视剧《大长今》里一样的民族服饰的照片，这也是我六十岁的生日纪念照。人啊，只要有梦想就赶紧去努力实现吧。青春须有为，不负少年志。

离开延吉的晚上，下起了瓢泼大雨。因为时间仓促，我们又没有买到卧铺票，只好买硬座去长春了。我是许多年没有坐绿皮火车了，现在国家发展得很好，难以提速的绿皮火车也越来越少了。延吉到长春坐绿皮火车只要三十三元，价格是真的便宜。我们是晚上十点的车，因突下暴雨，火车晚点了两小时，清晨才到了长春。长春这几年是正在搞城市建设，架立交桥、修地铁等等，所到之处尘土飞扬。第二天晚上，在人民广场的和平大戏院，我俩看了地地道道的东北二人转。我感觉二人转怕是最接地气的东北乡土艺术了。尽可能地把观众很快逗乐是二人转的特点。那些二人转演员的精彩表演，娱乐了观众，在哈哈大笑中观众也就放下了些许烦恼。这么一想，我觉得来东北不看二人转也是件遗憾的事。

这次我到长春有一个愿望，就是见见大姑的儿子，我的大表哥。我给大表哥打电话，结果对方说我打错了，之后我给二弟发信息也没收到回复。到了中午十二点，大表哥打来电话，原来是换了新号码。之前大表哥的电话丢了，二弟也半年没跟他联系。说来也巧，是大表哥正在人民广场休息，突然想起海南正刮台风，有点担心我，所以打个电话问问。没想到我也正在人民广场附近，于是放下电话大表哥、大表嫂还有外甥女一家人就赶过来接待我们了。太好了，大表哥他们正想在九月份去济南，我表示到时一定好好招待他们一家人。下午，我们一起去了长春电影制片厂的“东方好莱坞世纪电影城”。这个可以说是国内比较豪华的电影城了。我感觉这里的建筑规模和豪华的内部设施，完全可以与上海世博会的一些展馆媲美。在电影城内，有很多适应不同年龄段的游玩项目。我们在匆忙之中体验了三个项目，古堡惊魂、火山爆发和极速穿梭。在极速穿梭的项目场馆里，在那漆黑无光的隧道中，我感到惊心动魄。一时间突上突下、忽左忽右的场景，实在是对身体和精神的挑战。电影城也从好莱坞搬来许多电影用的道具，加上对场景的还原，真是让人如身临其境。就是门票有点贵每人要二百四十元。怪不得大表哥就住在附近，这电影城已经五年了，他也没进来游览过。

长春市的轻轨很方便，在城市中坐轻轨穿行也是别有一番风味。就是轻轨上的工作人员比较“横”，我可不赞赏这种服务态度。

离开长春，我们晚上就坐车去秦皇岛了。距上次来秦皇岛的北戴河，已过去了十五年，整个城市都改变了模样。来海边度假的人，真是太多了。海滨浴场的沙滩上，人山人海，浅海处也像下饺子一样。正逢周末，海边民宿、酒店的价格比平时贵了不少。我们住的崔各庄民宿，离海边两公里左右，每天二百四十元。好在这里风景不错，于是我就在浅海里开心地游了一个多小时，感觉很舒爽，也好好过了一把海滨度假的瘾。之后我们又去山海关游玩，城墙上微风习习，宽阔坚实的走马大道，让游人着实感受到了天下第一关的雄伟厚重。在这天下第一关的长城古道上，我俩使劲地擂了十几下那磨盘般的大鼓，咚——咚——咚——就当是给六十岁的老太太鼓鼓劲吧！加油！努力向前，朝着目标奔跑吧！

十二天的旅程就要结束了，在山海关火车站的饭店吃馄饨时，我才发现火车票是明天的，真是累糊涂了，脑子都不管用了。无奈，我退票后又买了当日无座的车票，买了两份四十元的夜宵后，我坐进了餐车。有一位伤残的退伍军人想在餐车休息，在那里说了半天，也没谁搭理他。看到这事我有些难过，想到自己也曾当过兵，一时间百感交集。

二〇一四年七月二十九日于山东济南

北京的盛夏

八月二十二日，我与九名济南战友乘高铁到达北京。北京战友在当地的烤鸭店热情地招待了我们。次日，在顺义广电培训基地我们一连的战友聚会，庆祝赴内蒙古生产建设兵团四十五周年。看着战友们由青年变成沧桑老人，我心里有些难受。无奈岁月流逝，千年古道黄尘送马蹄，人生百年不过是一声叹息！以后战友的大型聚会，我就不打算参加了。大多数时候战友见面，都局限在吃饭、喝酒和打牌上，这些活动对我来说实在没有什么意义。此次聚会只有七十多人参加，人是越来越少了。

二十五日，我在北京德胜门外排了两公里的长队，乘公交去八达岭长城。几十年来，我一直都想去八达岭爬长城，今天终于得偿所愿。徒步登八达岭长城是需要体力和毅力的。走在长城的走马道上，我深深被长城的雄伟所震撼。那一刻，我似乎明白了，为什么长城可以说是中华民族的象征。在这里，有千年来抵御侵略所留下的艰辛与苦难，不禁让我联想到今日强大的祖国在崛起之路上所经历的那些血泪和屈辱。今天的中国，要感谢孙中山先生民主自强的倡导和不懈努力，更要感谢毛泽东主席领导人民建立

新中国。此时正值盛夏，烈日当头，火辣辣的骄阳照在身上，好像到了新疆的火焰山。走到长城奇险处，我只好手扶栏杆，趴在台阶上，像蜗牛一样爬行，这是一次挑战自己身体极限的特殊体验。登长城的形式有好几种，可以乘索道去北城，也可以乘游览车到接近城顶的位置，这样能节省点力气。大多数组团来的游客，都是采用省时又省力但不省钱的快捷方式登城。在我看来走马观花也是现代人在旅游中的“通病”。

我不喜欢偷懒，既然来了，就一定要徒步登城。只有感到累，才能真正感受到长城的雄伟。好在也没有用太长时间，从上午十一点到下午两点多，才三个多小时，一个六十多岁的老太太，就独自完成了攀登八达岭长城。长城的烽火台和层层山峦让我流连忘返，下山时我许愿，哪日一定带着外孙再来八达岭。

二十八日，我和三个兵团战友一起游览了颐和园。在乾隆皇帝为母亲修的万寿山的餐厅，我们四人共享“御膳”。这“御膳”的感觉确实不一般，用料考究、做工复杂，搭配上万寿山后山那些百年松柏所散发出的独特香气，让人难以忘怀。

北京的物价普遍比济南高，现在看来还是二、三线城市的生活更惬意。北京的水果个个鲜亮好看，特别是那些进口的，但大部分都是样子货，往往都过了时令真吃到嘴里就寡淡无味了。

二十九日，我下午一点钟到达首都机场三号航站楼，来接侄女。在候机大厅的购物长廊，我看了看景德镇的陶瓷精品，打算等下次从海南归来时，一定要去景德镇，买几件自己喜欢的瓷器。侄女那从迪拜飞来的航班晚点了四十分钟，从机场到北京南站堵车堵得厉害，我之前买的高铁是六点二十八分。我感觉自己像是一匹脱了缰的马，不顾一切地向进站口奔去，汗水从头上流到嘴里，后背的衣服也湿透了。等我好不容易登上动车，气还没喘匀呢，这动车就徐徐开动了。还好，侄女拉着行李比我早上车三分钟。这次侄女完成了两个硕士学位的课程，顺利回到家乡，这是家族可喜可贺的大事。我们的老父亲，经常教导我要善于学习，要有文化，没有文化就是本事再大也是白瞎。现代社会已经完全走向了数字化时代，没有文化更是寸步难行，但把自己关在房间里只对着电脑和手机，也是不可取的。生命在于运动，到自然界中去体验、学习才是最好的选择。

二〇一四年九月十一日于山东济南

成都、九寨沟、都江堰

《论语》里有这样一句话："父母在，不远游，游必有方。"二〇一三年，我的人生陷入黑暗。在这一年中，母亲和小妹夫相继离世。这一年我在极度的痛苦中思索着生命的意义。我想起母亲曾对我说："人生苦短。"我觉得人要是上了岁数，总是要到个地方去安享晚年的。趁着身体还可以，你想去哪儿就去哪儿，愿意吃啥就吃啥，别等腿脚不利索了，牙齿咬不动了才后悔。

二〇〇四年的六月，我在五指山买了套单元房，当时花了七万块钱，后来被北大的一位教授用三十五万元买了去。后来我又用这钱在五指山的市中心买了套电梯房，这一晃又过去了十多年。母亲去世了，我在五指山的种植园也转给了别人，感觉自己也没有什么操心的事情了。索性就拉着行李箱到处走走吧，我反正到了哪里都一样，一个人吃饱全家不饿。

从济南坐火车，在路上晃荡了三十多个小时，才到了天府之国成都。成都地处四川盆地西部、成都平原腹地，境内地势平坦、河网纵横、物产丰富、农业发达。这个城市在历史上曾因为特殊的地理环境而少有战乱。成都的生活是比较轻松的，这里是人多、茶馆多，餐馆更多。成都可是个好地方，这四川人说起话来像是在唱歌。成都的冒菜太好吃了，感觉吃一次就忘不了。

从成都乘大客车去九寨沟，路上要走十一个小时。我在路上看到汶川等地震灾区已经完成了对口重建工作。一座座的新城矗立在道路两旁。这几百公里的省道，像一条条的羊肠，盘旋迂回在湍急的河流以及崇山峻岭之间。晚上九点多，我住进了九寨沟景区大门口的藏民家里。九寨沟的藏民，在旅游旺季家家都干起了民宿的生意。每年到了夏秋两季，九寨沟就会迎来国内、国际的大批量游客。那天进九寨沟的游客，就有十一万人。

九寨沟那如诗如画的各色水景，让游客好像到了人间天堂一样。风景虽好，可旅游旺季这游客也太多了，我光顾着别碰着别人，哪还有心情享受自然美景啊！感觉这情况，就是想在景区里拍张游人少点的风景照也难啊。

这九寨沟可太大了，在里面转上三天也逛不过来。以后谁再来九寨沟，可一定要记住，不要住在景区外面，来到九寨沟就买张门票，直接住到景区的藏民家里，这样就可以不用再买第二天的门票。九寨沟民风淳朴，美如画卷的山水，让这里的居民改善了生活，感谢上苍的大爱！在藏民家的民宿，我结识了一对中年夫妇，他们是旅游爱好者，去过国内外许多地方，大家交流后决定一起去都江堰游玩。

这都江堰，街道干净、古朴且充满诗意。在这座纯美的小镇上，我仿佛看到了一束民族互助的光芒在闪烁。我站在都江堰的大桥上，看那三江合流的澎湃流水被李冰治水的大闸。分流到各个方向，然后乖乖去发挥更大的作用。我们的祖先，真的为我们树立了榜样，让后人为之骄傲啊！旅游不是只为看风景，重要的是通过旅游，去切身感受历史和现实中曾经发生的事，对前人的追忆也是旅游的重要内容。

感谢那对中年夫妇在旅途中对我的帮助，我也记住了他们的推荐，还有一个值得去看看的小城，那就是丝绸之路上的隘口嘉峪关。

二〇一四年十一月六日于海南五指山

巴马百魔洞

我和小妹从海口新港出发，经过一夜的海上漂泊，凌晨四点到达广西的北海。早就听说过广西的北海银滩，只是路途遥远且交通不是太方便，没能来看一眼北海的银滩。感觉北海的开发比较晚，在我看来，北部湾海边上的银色沙滩，比起三亚亚龙湾的沙滩来，不够白也不够细啊。

不过，新兴的海滨城市，还是被来自东三省和北京的越冬老人所青睐。刚开发的住宅小区这房价就被炒上去了，在当地一路走来满大街上都是东北乡音。北海是全中国海水养殖珍珠的集散地，珍珠的品种特别全。在北海的珍珠批发市场，我看到各种价位的珍珠，最贵的珍珠价格甚至超过同等大小的钻石。改革开放以后，老百姓也开始买些珠宝戴在身上，一来说明自己经济条件改善了，二来也借珠宝给自己鼓鼓劲儿。这就一下子搞活了珍珠市场，广西的珠宝商人也从而发了大财。我有个软肋，遇事儿经不住旁人劝，这不我就花了好几千块钱，买了一大堆的珍珠项链和手镯。

其实，广西这两年最出名的不是北海银滩和珍珠，而是巴马的百魔洞。国人现在衣食无忧，最关心的话题就是养生。市面上传得最多的是巴马的小分子弱碱性的矿泉水和能通过特殊环境去缓解疑难杂症的百魔洞。从广西的省会南宁出发，乘大客车走了五个多小时，穿山越岭地在山道上颠簸够了，才能到达稳卧在大山深处的巴马。在巴马百魔洞附近的村子里，有两个一百二十多岁的老寿星姐妹。游客每人都拿着最少十元的红包，排着长队与老寿星照相和攀谈。

这百魔洞还真是个人间奇洞，在我看来这是个又深又大的熔岩山洞，但每天至少有近一万人来这里锻炼身体和呼吸这边据说负离子浓度不低的空气。这些人大多是来自全国各地且患有各种疑难杂症的，年龄从十几岁到七十多岁不等。“我们从小就生在巴马的大山里，吃这里的蔬菜、粮食，用这里的水。在这里活到七八十岁还能上山拾柴火、采药，九十多岁的老人在这里可不稀罕！你们城里人很少离开城市里，等查出病了，才来巴马这边住着，就是天天住在洞里不出来，也很难从根上把病给除了，只当是一种精神安抚吧。”巴马的老乡一语中的。

巴马的山水很美，当地船工把印有巴马山水风光的小纪念品分发给游客，连乘船带纪念品每人收五十块钱。中午，大家喝了巴马的小米粥，吃了巴马的野菜，味道还行，也算是没辜负来一次长寿之乡吧。

广西是祖国的西南边陲，经济发展与沿海地区有着较大的差距。祖国太大了，要想全面富强，需要时间更需要大家的共同努力。十多年在海南岛从事种植业的经历告诉我，只有依靠国家力量，才能从根本上解决贫困问题，任何个人的奉献只能起到一时的作用。

二〇一四年五月十六日于山东济南

南昌、九江

江西南昌，是中国人民解放军建军之地，也是打响武装反抗国民党反动派的第一枪的地方。在南昌的八一广场，矗立着宏伟的纪念南昌起义的浮雕。

庐山之上有着几百座风格各异的欧式建筑。就像厦门的鼓浪屿，这里成了建筑风格的万国会，庐山的教堂也修建得十分精美。在庐山有个叫“美庐”的别墅，是蒋介石从英国人那里买来送给夫人宋美龄的礼物。在这段历史中，我比较感兴趣的是著名的美国女作家赛珍珠在庐山创作的反映二十世纪三十年代中国农民生活的《大地三部曲》。

那几日在庐山，正值风高雾浓。我选择了牛牯岭上的私家酒店住了下来。在外边吃饭有许多不便。我自带一个小电锅做饭，食材是来自牛牯岭镇上的农贸市场。庐山与其他名山大川有很大不同，因为英国人在这里建造别墅时，就修建了一条从山脚下直通山顶的公路。虽然这条公路弯弯曲曲的几十道弯，汽车行驶起来很费力，但住在山上的居民，因这条路生活就更加便利了。

如今在九江和南昌，每日都有直达牛牯岭的班车。我去看了庐山的所有景点。当然印象最深的还是“美庐”了。虽然与当今的一些别墅相比，它并不能算得上功能齐备和装潢豪华。我很喜欢位于庐山内的小南海。那是一个似镜子般的大湖，那日雾气正浓，湖色与水汽交相呼应，给人一种人间仙境的感觉。要论自然的美，我也要给庐山打高分。我去过很多名山大川，去了还想再去的却只有泰山和庐山。

江西九江，历来是商贾重镇，富庶华贵，水路交通便利。鄱阳湖水域庞大，物产丰富。江西是个有山有水的好地方，这里的人民更是时时刻刻发扬着艰苦奋斗、自力更生的革命精神。

二〇一五年四月七日于山东济南

重庆、长江三峡、张家界

长江是中华大地上的第一大河，重庆则是长江上的重要城市。重庆是一座山城，在历代君王征战中，都居以守为攻的特殊战略位置。古人早有感叹："蜀道之难，难于上青天！"这著名的诗句，形象的叙述了在古代若是想进入蜀地，是一件很不容易的事情。十年前，我从济南坐火车去昆明，在重庆换乘。当时我没买到座票，于是就垫块报纸，愣是在车厢的连接处坐了三十六个小时。下火车时，我头昏脑胀，两腿发麻，像是生了一场大病。没办法，海南的种植园需要新树种，我要到昆明热带植物研究所去淘换树种。从重庆坐火车到昆明，又是十三个小时。过去国家交通不够便利，想跨地域干点事情可真是太难了！十年后，我和朋友再次去重庆，情况就大不一样了。这时重庆是直辖市，与北京、上海、天津齐名，跨入了大都市的行列。

如今的重庆不光是地方大，人口也超过了三千万，这都快赶上加拿大一个国家的人口总数了。在我的记忆里，新中国成立前的重庆是蒋介石关押革命者的地方，类似渣滓洞、白公馆，在小说《红岩》里描写的很清楚。改革开放后，重庆最出名的是"棒棒军”（当地对临时搬运工的称呼），他们为城市的发展贡献了很大的力量。

我们住在嘉陵江岸边的铁路宾馆，时常听到轮船的汽笛声。重庆依山傍水、物产丰富、交通便利，真是个难得的好地方。重庆的很多楼房都建在山上，在我看来很多山本身就不低，那山上的楼就更显得格外的高。最高的楼有六十几层，二百多米高，我感觉那楼顶已经钻到云里去了。

重庆这些年发展得很快，老百姓生活质量提高了不少，不管是交通还是吃住都赶在了西南其他城市的前面。为了体验重庆的山城特色，我和朋友有意不走大道专走老街老巷。在旧城的街巷里，我们看到了许多的“棒棒军”，只是他们的行头又多了一件，就是四个轱辘的小平板车。山城的小巷四通八达，若走公共车道要转悠好几里地，从小道上过去可就近多了。那又滑又陡像泰山十八盘般的石阶真得很累人，我俩边爬边呼呼地喘着粗气，等到了高处往下一看，这近似直上直下的山地可真吓人啊！

在我看过的描写旧社会的老电影里，有钱人出门都是坐轿子，而老百姓只能靠自己走路。我转念一想，怪不得蜀地的好多人都精瘦干练，还特别能吃苦，感情是在城里出门就爬台阶，在乡下出门就爬山，自然间练就了吃苦耐劳的好品性和一身好体格，这就是大自然对人的造化啊！俗话说上有天堂，下有苏杭，可我觉得都比不上重庆夜晚的灯火辉煌。晚间，在山城的高处，看着山下那星罗棋布的城市灯火，让我想起了张火丁唱的京剧《江姐》中的一句唱词："望山城，红灯闪亮雾茫茫，雾重庆，乌云沉沉夜未央。"重庆，一个曾经埋葬了众多共产主义者的地方，如今已是个经济发达、人民安居乐业的大城市，愿长眠在这里的革命先烈们能得到慰藉。

在峨眉山，我们看到那一群群淘气的猴子在大树上跳来跳去，有的猴子还抢游客的食物。峨眉山体量不小，山上旅游用的车道能让两车对开。可惜我们去峨眉山的时候正碰上旅游旺季，漫山遍野都是游客，到了狭窄处，都得侧着身子挤过去。不过峨眉山的食宿很方便，山下的村民，家家都做起了旅游生意。在当地，旅游业担当起了拉动经济发展的大任。

晚上，一辆旅游大巴载着我们驶向了距离重庆市八十公里的长江游轮码头。午夜十二点半，游轮靠岸，游客跟着导游乘着夜色，爬上了长江上的唯一一座张飞纪念堂。

张飞纪念堂的香火很旺，游客们顾不上多想，迷迷瞪瞪的紧跟着导游，上上下下的，用了四十几分钟就游完了景点。回到游船上，游客们一个个倒头大睡。清晨，太阳升起来了，船舱里的广播开始叫游客去外边看长江上的日出。

好个雄伟宽厚的长江啊！江水滔滔、白浪翻滚，江边耸立着巍峨的崇山峻岭，让人不禁想起李白的名句："两岸猿声啼不住，轻舟已过万重山。"不一会游轮又开始靠岸了。这里曾是爱国诗人屈原的故乡。如今，这个叫秭归的地方，老城已经沉入水底，新的城区已然建成。为了三峡水电站的建成，湖北、河南、江西的许多百姓，永远的离开

了世代生存的故土。

三峡水电站太宏伟了，我深深地被三峡水电站所震撼。建议能读到本书的人，一定要去三峡水电站看看。我用语言难以描述这项庞大的工程，有那么一刻，我感觉它的存在已经超越了人类的过去，代表着新的未来。我们的人民为三峡水电站的建成付出的太多了，现在想起那些具体的事情，依旧让我为之动容。愿三峡水电站在未来的运行中，不辜负人民所付出的昂贵代价，成为国家的快速发展“助推器”。

长江游轮载着我们，从重庆到了湖北，又到了江西宜昌。通过这趟旅程，我满足了自己多年来想近距离欣赏长江的愿望。

从宜昌到张家界很近，车行一个小时就到了。来到张家界的山门下，由当地景区的导游带着，我们进入到当地的旅游景点，观赏这里秀美的自然风光。张家界有着怪石嶙峋的奇特山峰。我和朋友没能跟上年轻导游的步伐，就自个在景区的山边、溪边转悠溜达，直到走得自己两腿酸软。在怪石嶙峋的山泉边，我俩兴致高扬地穿上了土家族的服装，拍了许多张照片留念。我们都是当奶奶、姥姥的人了，出次远门不容易，且行且珍惜吧。

到了下午六点，我们在大门口与导游汇合，乘大客车去火车站继续旅行。到了晚上十一点，我们住入了长沙市芙蓉广场的维也纳酒店，玩了一天也该歇歇脚了。维也纳酒店是个中等价位的酒店，整体安全卫生。长沙是个不错的省城，比济南的经济发达，但物价比济南稍高。长沙的地铁非常方便，从芙蓉广场去湘江公园一会儿就到了。湘江公园很有特色，美丽的湘江，在这里“兵分两路”，给橘子洲头留出来一条又窄又长的陆地通道，形成了独特的美景。现在的湘江公园，既是人们追思毛主席的绝好去处，又是长沙百姓晨练休闲的好地方。

湖南是个出历史伟人的地方。据说毛主席在离开故乡韶山，去广州主持农民运动讲习所的途中，途经长沙重游橘子洲时，留下了“恰同学少年，风华正茂”的诗句。毛主席是我们这一代人的领袖和偶像，我们的一生，都处处隽刻着毛泽东思想的烙印。

我感觉旅游不是件简单的事情。自己年轻时要挣钱养家，没有条件去旅游。等自己年老了，有时间有闲钱了，但身体又会时常出问题，只好趁身体没闹病症的时候出来转转，了却自己曾经的一些念想。

二〇一五年十一月六日于海南五指山

澳门、香港之行

从珠海的拱门闸口，到澳门新区最大的赌场，坐车也不过四十分钟路程。我拉着旅行箱就像到邻居家串门一样的，很快就住进了澳门新区最大的赌场的酒店。

刚出正月，正是澳门赌场生意的淡季。为了不让客房闲置，赌场酒店房价压得很低，像这样带按摩浴缸的豪华房间，每晚只收七百五十元人民币。店家虽说是比平时优惠了不少，可对于我这样的退休老人来说，这样的房价也是天价了。

我老家退休的老人，每月能领到的养老金，大多都在两千五百元至三千元左右。除了支付日常开支，要很注意节约，才能攒出旅游的费用。

我这次来澳门，选择住在当地最大赌场酒店，是因为想亲身体验一把赌场的魅力。前些年在私企打工时，就私底下听人说过，有好几个老板休假时，就结伴到澳门去赌博放松。我的有些战友，也经常到澳门赌场去耍一把。我曾问过一位战友："这赌场到底有什么魅力，能把你们这些人精儿，都"钓去"甘愿赔钱、赔时间啊？"回答是："输得多，赢得少。但当你战胜了庄家，赢了那一把时，那种兴奋和快乐，是无以伦比的。你不懂，那是一种极端的满足！"我当然不懂，这"吃、喝、嫖、赌、吹"五毒之中的"赌"有什么好的。不过，这"赌"必然是很吸引人的，不然为什么会有那么多聪明人，愿意自投罗网啊。世界上的大赌场有美国的拉斯维加斯威尼斯大赌场和新加坡圣淘沙的海上赌场，还有的就是今天我住的这个金碧辉煌的澳门金帝赌场。在拉斯维加斯赌城，我们参加的中国旅游团就住在赌场的地下房间里，那里的房间

又潮又闷，连个换气扇都没。

我在新加坡没有看见这么多的国人进出赌场。也就是在澳门，我才有这个胆量，花上三分之一的月退休金，住进超豪华的赌场房间，享受一晚富豪的待遇。我还买了三百元人民币的筹码，在赌场的大厅里转悠了一个多小时，好歹也算是过了一把赌博瘾。但丝毫也没感受到赌博的快乐。看来，干啥都讲究个缘分，不是那块料也是白搭！

在大众眼中，澳门的标志建筑是那个被战火烧毁的，只剩下门脸的大三巴牌坊。澳门虽小，但土地利用率很高，在城区里放眼望去，没有什么闲置的地方。澳门人很会过日子，但是当地物价很高。当地人跟我说，澳门是一座海上小城，若是没有赌场和旅游业撑着，很难维持下去。

让我特别感兴趣的是澳门当地的教育。在澳门主城区的一条街道上，从幼稚园到高中，整整一条街都是学校。可以说当地人把最好的资源，都给了孩子们。相信在祖国这个不离不弃的慈祥母亲的保护下，澳门的未来会越来越好！

从澳门到香港，乘轮渡也不过半个小时。乘客买了轮渡票，随自己的时间，到了渡口赶上哪版班船就坐哪班船，既节省了时间，又减轻了渡口乘客待船所造成的服务压力，感觉这样的设置特别合理。

到了香港，我立刻上了一辆出租车，我问出租车司机：“你是本地人吗？”在得到了肯定的回答后。我请他把我送到最能代表香港特色的尖沙咀。据说，尖沙咀的常住居民，分别来自世界一百多个国家，有四十多万人口。有些外国移民，已经在香港生活了四代人。我选择住宿在重庆大厦的二十二楼，这是一家由印度人开的民宿。住宿房间就只有十来个平方米，住一晚要收四百元港币。

晚上华灯四射，我去大街上游玩。发现有些当地人“太会做生意”了，居然还有什么“半斤八两”的交易方式，交了半斤的钱按八两计算，却只给顾客五两的货物，一核算又赚了客户三两的钱。

在我看来旅行就是一种阅读，看看外边的世界，才知道人是一种多么复杂的物种啊！同时，任何一种思想和社会制度，都不会同时满足所有人的习惯和愿望，只能顾及大多数人民的利益。

香港这地方人太多了，平民区的巷道内卫生很差。我感觉如果当地清洁工人稍微消极怠工，香港的市容就会受影响。经过这次旅行，我个人不太喜欢香港，感觉有些当地人有点瞧不起外地游客。我的个人感悟是：我们没有办法不让谁去想什么，或者说什么，只有加快步伐让自己强大起来，让事实胜于雄辩。

二〇一六年三月二十六日于山东济南

青海湖、西宁、银川、沙坡头、延安

纪念抗日战争胜利七十周年的大阅兵，在北京天安门广场举行。这壮国威、鼓民气的大阅兵向世人宣告，中国人有能力捍卫自己的国家尊严。

半个月过去了，为缓解女儿和外孙回新加坡后给我带来的孤独，我去西北疯玩了一大圈儿。这一路还算顺利，就是感觉心脏有点不舒服，有点高原反应。

雪山荒原和那似海般的青海湖，以及一望无边的油菜花，蓝天白云，黄沙大漠，构成了一幅幅绝美的图画，让我如临仙境，如痴如醉又流连忘返。

啊！青海湖，这是我见到过的最美丽的咸水湖。在七夕之夜，我裹着棉被，缩在藏民的帐篷里，倾听草原上的篝火晚会。这时女儿打来电话，那天正逢“疯老太婆”的六十一周岁生日。回想六十一年前，在一个小山村里，十九岁的妈妈生下了她的大女儿，也就是我。

高原的天气很有个性，一会儿烈日如火，恨不得把人烤化；从来没有见过太阳这么毒过，那阳光亮得让人睁不开眼。可不一会儿，风雪冰雹似刀子般的落下来，砸在人身

上生疼，想躲都来不及，这高原的天气可真任性啊！

看着车窗外的无垠草原，羊、牦牛、牧羊犬、骆驼、马以及数不清的帐篷。我问导游兼司机："青海湖的天气，在盛夏都会下雪，冬天零下三四十度，这牧民和牲畜是咋过的啊?"司机小唐漫不经心的说："生在这里有什么办法?受着呗！人能进帐篷取暖，这成千上万的牲口，总不能也给它们都盖房子住吧。"我不禁想，怪不得有人把下辈子托生成牲口，当成一种赌咒。

青海湖可真够大的，驱车都跑了两天。我在路上见那些转湖的朝圣者，一步一匍匐，五体投地的向着大自然，向着生养自己的雪山、大湖、土地祈求平安。

小唐说，这样的朝圣者，都会有一个亲属拉着一个小车，小车上放着生活必需品，在朝圣的路上也有专门为朝圣者设立的休息点。我听人说朝圣者修的是来世，今世过得太苦了，所以要修到来世的极乐世界去。听了这些话，我心生酸楚。在青藏高原的大部分地方，对人来说生存环境是恶劣的，我特别能理解当地人会选择宗教来释放心灵的苦

楚。那转山转湖的匍匐礼拜，分明是一个个灵魂的呐喊。

在青海湖海北的沙岛，我仿佛又回到了内蒙阴山脚下的乌兰布和沙漠，那个我在彷徨中过了七年青春年华的大漠。

西宁，是从西北进藏的门户。在西宁，满大街都飘着牛羊肉的气味。那些生性顺服的生灵啊。活着的时候伴着人们，让人们能看到活着的希望，死了还能让人们果腹暖身。

西宁人很朴实，待人诚恳热情。西宁的物价不低，一斤蔬菜也要六块钱，只有牛肉比内陆城市便宜，其他物品都会贵一些。回族姐妹长年戴着头饰，我索性也买了一套，穿戴打扮一番，宾馆的服务员还以为我是当地的大娘。

大美青海湖，我忘不了环湖那万亩金灿灿的油菜花，更忘不了那虔诚匍匐祷告转湖的人。

结束了西宁之行，我来到了七百公里外的西夏故地——宁夏银川。这一路真是塞上江南好风光。银川市容整洁，市区内有不少公园的湿地都是近些年靠人工修葺的。银川比较有特色的建筑，是刚刚落成的中国—阿拉伯商贸城。兼有阿拉伯风格和中国传统建筑的特点，细看之下我觉得这种文明融合的建筑风格真的很特别。

战友桂香的女儿马英及女婿，在当地为我做了吃、住、行的安排。我在宁夏银川真是享受到了贵宾的待遇。

镇北堡西北影视城，据说是西北作家张贤亮打拼出的产业。在大漠中，那些个充满旧时代特点的庙宇、茅屋中，曾拍摄出一百多部电影和电视剧。一部小说《绿化树》成

就了一个作家，《红高粱》《新龙门客栈》这两部电影为镇北堡西北影视城广传了名声。如今，这里已是五星级景区，每天接待着成千上万的国内外游客。

在离银川两百公里的中卫市的沙坡头景区，黄土高坡连接着礼连山脉，滔滔黄河水顺流而下，千米沙山坐落在黄河左岸。大漠、沙山、大河和古朴的羊皮筏子，构成了一幅有诗意的美丽画面。王维的名句："大漠孤烟直，长河落日圆。"非常形象地描绘了沙坡头的景色。

大漠，正是我青春的伴侣。让我们再像年轻时一样疯起来吧！我和战友桂香，不顾一切的顺着沙山往下滑行，连鞋也没穿。终因年纪大了体力不支，都累得气喘吁吁。

那晚，有战友从美国华盛顿打来越洋电话，聊着聊着桂香哭了，牛班长（桂香的母

亲）也泣不成声。地球那端的战友也在流泪。都是那段在大漠中刻骨铭心的奋斗史惹得祸。美国那边的战友说：“两年后，让我陪着她去巴彦淖尔市杭锦后旗太阳庙看看。”我自是答应下来，愿彼此珍重，哪怕是为这一个个的承诺。跟我们一起的牛班长，本名牛金凤，牛班长自身的经历就是一本自强不息的励志教科书，闲下来我会专门写下她的故事。

离开银川，我来到大山深处的革命圣地——延安。陕北高原，真是“一道道那个山来一道道梁”。到现在，这里依然交通不便，大山在当年阻隔了敌军，如今照样阻隔着现代对传统的转换。在大山里的延安，物价比西宁还要高一点。

枣园的灯光照耀着中国革命的方向。在国家一级展览馆延安革命纪念馆，图文并茂地展示着，在这个山沟里，如何孕育培养了坚忍的伟人，和不为困苦所压倒的一位位革命者。最终，年轻的号兵吹响了，解放全中国的进军号。在那些展台前，我不禁热泪盈眶，仿佛看到了我那年轻时就从军的父亲。

父亲十三岁就在八路军中当号兵，一干就是十几年，解放后才回到家乡。“人一定要有文化，当大老粗没什么出息。”父亲的话，让我永远铭记。

离延安一百多公里就是壶口瀑布。它是黄河经流秦晋两地，在三百米宽的平缓河道上聚集，涌向壶口当地有四十米落差的下游时形成的。瀑布咆哮奔腾、雨雾四散，真是憾人心扉。看壶口瀑布，就像在看万马奔腾势不可挡的沙场搏斗。

黄河水一泻千里，永不回头，而人类的历史也像黄河一样，奔流向前不停息。

离开家快十天了，我感觉很累，就在延安的维也纳酒店睡了两天。反正是一个人，走到哪里，哪里就是“家”。等休息好了之后，我才继续旅行。

当列车停靠在石家庄车站时，远远走来的是四十三年没见过面的兵团战友——颖子。在我看来她人没太多的变化，只是大家都老了些，但这脾气还是老样子啊。

之后我和颖子一起到了北京。在北京游玩的四天里，我见到了四排的八位战友，还

与另外两个战友吃了饭。我在国家大剧院的戏剧厅看了芭蕾舞剧《白毛女》，上海芭蕾舞团的新生代舞蹈演员跳得真好，把我的思绪一下子带回了年轻的时候。当时正值纪念日阅兵前夕，天安门附近戒备森严，安检措施得当。我和颖子就游览了那安静又美丽的天安门。

在北京我见到了老班长，而老班长的遭遇更是我的内心久久不能平静。老班长的心脏有先天性二尖瓣闭锁不全的问题。这还是她在一九七三年的工农兵大学生送选体检时查出来的。那时，推选个上大学的人是要几里挑一的。老班长好不容易选上了，体检却出了问题，而且还是会要命的病。后来老班长做了心脏手术，换上了塑料的二尖瓣。十几年后，塑料的二尖瓣失去了功能，她又到阜外医院换上了钢制的二尖瓣。又过了十几年，钢制的二尖瓣突然失去了功能，这次她人直接就躺在了马路上。后来进急救室抢救，她脑血管也堵塞了，医生给她开胸换二尖瓣，还要开颅疏通脑血管，把医生都忙坏了，老班长整整十天在医院不省人事。就是这样，老班长还是创造了奇迹，身体也一点点恢复了。

看着老班长那瘦弱的身躯和勉强的笑容，我既心疼又赞叹！为了让我可敬的老班长高兴，我把从西宁买来的民族服装找出来，给她妆扮上。同时也让老班长摆了些漂亮的姿势拍照，还把我看过的一些美景组合到照片里，让老班长乐一乐。

旅行是生命的加油站，只要还能去旅行，自己就不算老。

二〇一五年八月二十六日于山东济南

昌乐——蓝宝石之乡

在这秋高气爽的日子里，我去过水晶之乡江苏东海，看过珍珠集散地广西北海，今天又来到了蓝宝石之乡山东昌乐。

我小时就吃过昌乐的小蜜宝西瓜，在近几年才听人说，昌乐已经成为中国最大的蓝宝石集散地。到了昌乐的荛沟，看到偌大的蓝宝石市场伫立在国道旁。我是一路观赏，一路惊叹。那些千万年沉睡在农民的土地上的石子，在开采后被雕琢成了稀世珍宝。这些稀世珍宝，被来自各地的人买去挂在脖子上，戴在手臂上，镶嵌在衣裙上，用来显示身价和满足虚荣。

昌乐的农民也靠着这些蓝宝石矿砂彻底改变了命运。他们告别了传统的生活方式，围绕着蓝宝石忙活起来了。

自古黄金白银有价，宝石无价。一颗十几克拉的宝石，能卖上十几万或几十万块钱。这真是大自然的恩赐，让背朝黄土面朝天的农民，因为脚底下这些看似普通的“石头”，彻底改变了命运。昌乐荛沟的农民，就靠着蓝宝石相关产业一下子脱贫致富了，真是太神奇了！

这次旅行除了让我懂了不少自己过去并不了解的东西之外，更重要的是提高了我对旅行的认识。我觉得旅行就是生命加油站，“三山五岳”中，我还没去过嵩山、衡山、恒山和华山。我想，如果没有旅行这项充满挑战和情趣的事情，自己活着怕是就没了劲头，这日子也会过得如同嚼蜡。

泰山我去过十六趟，黄山、庐山各去过一次，青海湖、纳木错、太湖、西湖、喀纳斯湖、鄱阳湖、微山湖我都去过了。我的感悟是：山水能洗净人心灵的尘埃，并修复那受伤的心灵。

好好努力的活着吧，慢慢地长点力气，好去感受大自然的丰富和教诲，这样总好过虚度光阴。

二〇一五年九月七日写于山东济南

嘉峪关、敦煌、兰州、西安、洛阳

关于西北，古人王维早有诗云：“劝君更尽一杯酒，西出阳关无故人。”现代交通已经很发达了，但我仍要在火车上昼夜兼程，经过二十七个小时的奔波，才能到达古时候中国的西北门户——嘉峪关。嘉峪关市，是地处大漠中的年轻城市，道路横平竖直，城市的楼房也舒缓的规划成正方形，嘉峪关市容整洁干净，十几万人的城市，主要依托酒钢集团和酒泉卫星发射基地来发展。

在空气干燥的戈壁大漠之城，人们过着慢节奏的生活。这里少了江南人的细腻温柔，也没有关里人的精明算计。这里的老乡性格直率，许多四五十岁的城乡男人，更是直率得像是“枣木疙瘩——不开窍”。

嘉峪关，不愧是天下第一雄关。嘉峪关始建于明朝洪武五年，至今已有六百多年的历史。嘉峪关介于祁连山和黑山的山谷之间，地势险要，有一夫当关万夫莫开之势，那气势丝毫不逊色于那万里长城的第一关——山海关。而且嘉峪关比山海关早建造了七年，是西北第一大隘口。

大约是在一九八四年，我在人民文学杂志上读了徐迟写的一篇报告文学，在脑海中对敦煌莫高窟有了个模糊的想象，后来又读过一些关于莫高窟的介绍，萌生了一定要去敦煌莫高窟看看的念想。这一晃三十多年过去了，一直也未能成行。在老百姓的日子里，养家挣钱的担子很重，要么没钱要么没闲，只有等退休后不再被繁琐的事所捆绑，才能心安理得的去完成自己年轻时的梦想。

向着心中那遥远的敦煌，我从嘉峪关出发，途径玉门、瓜城，大巴车行驶在戈壁大漠中的高速公路上，车窗外除了满目的芨芨草和沙石荒漠，就是那灿烂耀眼的阳光。这一路上少有村落和庄稼，零零散散的筑路工人的帐篷支在路旁，让人心生落寞。西北、大漠、荒原，走在去敦煌莫高窟的路上，不由得让那神秘的敦煌在我的想象中变得更加莫测。

这几年国家大力投入资金和人力、物力，发掘敦煌莫高窟的历史文化价值，力图把敦煌打造陆上丝绸之路中的旅游胜地。为此，国家在敦煌修建了新机场和高铁站拓宽运输渠道，同时还修建了五星级酒店，用于承接重要会议的接待工作。

而莫高窟向游人所展示的数字影像，采用世界先进的影像技术，把佛教艺术阐释得淋漓尽致。

从公元四世纪到十四世纪，整整一千年，敦煌人把原来只是丝绸之路上的驿站的小城，建设成了一座佛教艺术的圣殿。在古代，不同地区的人们进行的商业贸易，除了通过海上行船，就是通过陆地上密密麻麻的商道。那时的人们对战乱和自然灾害充满了畏惧心理，盼望上天能派下菩萨来保佑生意兴隆和百姓的平安。恰时，有一位释迦摩尼的弟子落户在敦煌莫高窟。千百年来，经过善男信女不懈的努力和奉献，把大漠中原本寂寂无名的山丘，打造成了一座各类佛像聚集的艺术之城。

敦煌莫高窟地处荒漠戈壁，年降水量极少。烈日下，地面水的蒸发量却十分惊人。当地

特殊的自然条件，是莫高窟能完整保存这些珍贵艺术作品的重要保障。

藉着人们对历史和艺术的浓厚兴趣，把世间的善与美传播开来，并且能养活当地百姓，也算是对两千年前建造莫高窟的敦煌先辈的一种特殊纪念。在敦煌的各类艺术品中，最有特点的就是把佛经上讲的故事，用图画的形式表现出来，使佛经上讲的道理更直观易懂。在漫长的历史长河中，沉淀下来许多民族优秀文化遗产及先人的智慧与坚韧，让我们赞叹不如。

兰州，河西走廊上的门户。一座被黄河拥抱着的高原城市。兰州是甘肃省的省会。它就像一个睡美人，腰际只有三公里，南北最宽处也只有六公里，东西长三十多公里，它婀娜多姿

且温柔多情。

兰州的黄河公园和白塔山，为当地人提供了休闲散步的好去处。地处大西北的甘肃省，以戈壁大漠为依托，古代丝路驿站通道赋予了它独特的魅力，望着茫茫的荒野，让人不再去想世间的烦忧。

“西出阳关无故人。”何止是无故人？简直就是阳关以外少人烟啊！新中国成立后，国家调遣了众多的筑路工程兵，为打通河西走廊的路上交通而昼夜奋战。我向在荒野中苦战过的前辈们致敬！

嘉峪关、敦煌莫高窟、兰州。我总算在六十三岁时，体验了一把祖国西北历史文化的浓浓味道。正宗的兰州拉面，更是让我的味蕾记忆悠长。西北人的直率坦诚和原生态的自然环境让我感受颇深。一方水土养一方人，地域创造产生了地方文化，这是任何现代科技也难以改变的。

古城西安，是秦汉古都，也是中华民族的历史文化摇篮。国际友人说，不到西安，没看兵马俑和大雁塔，就是没有去过中国。但大雁塔和秦始皇的兵马俑都引不起我的兴趣，我最喜欢的是西安那厚实宽阔的古城墙和劲道美味的羊肉泡馍。这两年，女儿一家住进了西安万科城，我也就在西安“扎营”，顺便去了西岳华山和华清池。华山陡峭巍峨，满目皆是灰褐色的峭壁悬崖，而华清池内依旧能感受到到古代佳人的优雅与闲适。

洛阳云冈石窟和大同龙门石窟还有敦煌莫高窟是我们国家现存的三大佛教石窟。不幸的是，历经时光洗礼，有许多佛像都被歹人挖走了，看得我十分痛心。

这一路我还去了开封游玩，特意去了当地修建的清明上河园。感觉这园区很好的还原了清明上河图的景色，还能让游人在观光中过一把古装瘾。

这次旅行，我从西北走到中原再回到齐鲁大地，感觉还是自己的山东济南的老家最惬意，真是千好万好不如家好。

二〇一七年六月三日于山东济南

丹东、阜新、营口、盘锦

结束了十天的辽宁之旅，我回到了蒸笼般闷热的故乡济南。

我觉得在东北过夏天一定很惬意，起码晚上能睡个好觉。但外面再好也不如家里随意，在外面旅行每天起码要花六百元左右，同时还要劳累奔波着去看那些景点。

国家不断建设的高铁拉近了城市之间的距离，从济南到丹东才用了六个半小时。丹东，是中国为数不多沿海、沿江、沿边的三沿城市。一条鸭绿江，把中国和朝鲜分开。导游喜欢讲些朝鲜的故事来给游客解闷，时不时赞扬社会主义下的朝鲜人民幸福感很高。上学不拿钱，医疗不花钱，住房不花钱，民众也是为民族复兴和国家荣誉而奋斗。虽然时代变迁，中国逐渐富强，但我依旧记得志愿军是通过丹东跨过鸭绿江抗美援朝的。

位于阜新的十家子玛瑙城，是国内规模比较大的玛瑙交易集散地。为了扶贫，当地政府把玛瑙矿的开采权交给了当地的农民。于是，当地人放下了手中的锄头犁耙，成了新中国第一代来自农民的珠宝制造商。当地家家户户都办工厂、开门店，把各地的玛瑙做成了各类产品，深挖玛瑙产业的潜力。从阜新出发，途经好几座连绵起伏的山峦，走了快两个小时，才到了十家子这个满街满巷都是卖玛瑙店铺的地方。

我也不能白来一趟这宝地啊，索性在挑了几块喜欢的战国红玛瑙后，又到批发专柜买了一批玛瑙珠子，感觉自己真像个十足的珠宝贩子。人啊，买东西除了吃的、穿的，更多的时候买的就是一种心境。至于买的东西以后在生活中是不是用得上、用得着，那就另当别论了。

火车过了沈阳，很快就开始钻山洞了，一个一个紧连着的隧道，穿越了四百多公里的长白山侧峰，把内地的酷暑甩到了身后。东三省是中国的大粮仓，一望无际的绿色田野上，生长着优质的大豆、玉米、高粱和水稻。满目的生机让人心情舒畅，充满对未来生活的憧憬。和西北塞外那无垠的荒漠戈壁一比，夏季的东北大地就是天堂人间。

辽宁的本溪、抚顺、阜新都是煤矿或钢铁的老工业基地，新中国成立前这里就有开展资源开采，现在这些地方大都进入到了枯矿期，经济发展相对缓慢。纵观历史，这片土地和这片土地上的人民，为新中国的发展做出了巨大的奉献。

我是真的不知道营口还有这么个地方——鲅鱼圈区，到了这地方山海广场的海滨浴场，我看到成千的男女老少聚到海边来避暑度假。这沙滩上是人头攒动、你呼我应的戏水乘凉，演绎着一幅又一幅安逸闲散的画面。

可能是连续奔波的缘故，我这几天总是丢三落四的，连随身带着的电热锅的连接线也丢了，没电线这锅也只好扔了。在鲅鱼圈区的汽车站，我竟然连汽车票也找不到了。还好现在是用身份证购票的，不用再补票了。

唉！人老了，不老老实实的待在家，就免不了要闹出点小乱子来。七月三十日上午，在营口鲅鱼圈区的汉庭宾馆客房里，我收看了建军九十周年的朱日和沙场大阅兵。我感到很震撼！进入近代以来，中国人从来没有像今天这样有能力、有底气在阅兵场向全世界宣告什么。我转念一想，我的父亲邓光坤离开我已经整整十九年了。父亲是军队中的司号兵，十四岁就投入到了抗日战争和解放战争的浴血奋战中。在我的身上流淌着来自父亲那八路军的基因，我由衷的为祖国的复兴感到自豪和骄傲。

盘锦是个干净整洁的城市。辽河油田是盘锦的经济支撑，盘锦的蟹田大米在全国很有名气，但更有名气的是盘锦的红海滩。红海滩是在辽河与渤海的交界处，由海水和河

水经多年冲刷而形成的。这里的滩涂地，所含的营养和盐碱度，正好适合碱鹏草的生长繁殖。每年的九月份，碱鹏草就由绿变浅红，再变成火红。火红火红的万亩碱鹏草，映着

淡蓝的海水，在日出时形成了一幅美丽的画卷。

这大气绝美的景色，吸引了众多的游客从千里之外跑来到盘锦红海滩。自然的美再加上人工的雕琢，使红海滩成为一方百姓发家致富的自然资源。在盘锦当地的农地，稻田里就养着蟹，养蟹的话就不能施化肥、农药，同时蟹在生长期会产生稻田所需要的肥料，并消灭不少病虫害。这样当稻子收割时，稻田里养的蟹也被人们端上了餐桌。真是个一举两得的好办法，我为辛劳聪慧的盘锦人点赞。

盘锦不但有好吃的，而且还有不少好玩的。在秋季，国际马拉松赛就在盘锦红海滩的环道上拉开了序幕。

沈阳，也是被日本鬼子抓了劳工的我的父亲逃出虎口参加抗联的地方。父亲时常怀念少年时代的苦乐年华，年轻时曾多次去沈阳接洽业务，并在沈阳故宫的九龙壁前拍照留念。后来，当我在光明机器厂工作时，也多次去过沈阳，我对这个东北老工业城市留下了很深的印象。

辽宁，是东三省的门户，也是国家的重工业基地。辽宁是山东的“海上兄弟”，山东半岛与辽东半岛隔海相望。环顾东三省的环境，我感觉辽宁是最好的一块地方，有山有海有河流，整体环境富庶而秀美，当地人也相对温柔些。我到辽宁就像自己到姑家姨家串趟门一样。

二〇一七年九月六日写于山东济南

大理的风花雪月

知道有云南大理这么个地方，是在我的少年时期。当时，母亲带我去电影院看了一场电影，那部电影的名字叫《五朵金花》。讲的是在大理苍山洱海边上的蝴蝶泉边，白族小伙儿绞尽脑汁的去追求心爱的姑娘金花。不承想在洱海边上生活的白族姑娘，个个都叫金花，由此搞出了许多诙谐的笑话，这电影特别有趣。

在过去的岁月里，国家经济落后，交通和通讯很困难，要想到其他省市去走走看看除了出公差也没有别的路子，哪像现在啊老百姓出游已成家常便饭了。我已经六十五岁了，正赶上好时候，趁在女儿家探亲之际，我有幸游览了少年时在电影《五朵金花》里描写的苍山洱海和蝴蝶泉，亲眼看看白族姑娘和白族小伙们生活的地方。

说到大理，自然会联想到洱海、苍山和蝴蝶泉。洱海是大理最有名的名片。因其形状似人的耳朵，故名洱海。那日，沙太的女婿开车带一家人去游览洱海。不巧正赶上过春节放长假，从全国各地去云南自驾游的车把路堵了个水泄不通，车是动不了了，可正好让沙太将洱海看了个清楚。在下关城东的洱海公园，一望无际、宽阔湛蓝的湖面，被

风吹起层层波澜，远远看去就像一片蓝色的海湾。我一下子就明白了为啥云南十八怪中有一条就是把湖泊称作海的。

洱海是云南当地仅次于滇池的第二大淡水湖泊，很难想像在西南大内陆，若没有这个大湖与人们相依相伴，高原上的人民该少看多少美景啊。在洱海的东岸，在那已经安静了千百年的山岭上，建了许多座高档度假社区，很多名人都在其中购置了豪华住宅，他们为的是在夏秋的夜晚与洱海的明月相随。

大理当地有几句旅游宣传词：“下关的风，上关的花，苍山的雪，洱海的月；这就是大理的风花雪月。”据说是来自著名作家曹靖华的名诗：“下关风，上关花，下关风吹上关花。苍山雪，洱海月，洱海月照苍山雪。”

我就于冬日四十多天的大理生活中，见证了下关的风。那下关的风不分昼夜，直刮得白天乌云消散艳阳高照，夜晚明月当空星斗满天。看来这下关的风竟是为洱海的美景而“发力”的。下关是大理的商业中心，在大理的外地人很多。随着人们对自然环境的要求，许多一线城市的中年人卖掉了一线城市的房子，移居到大理来。他们为的是享受这高原城市特有的清静与安逸。

苍山是洱海的老大哥，不管西风怎样强烈，苍山总会迎风而立，在无数个春夏秋冬一如既往的爱护和滋润着自己心爱的小妹——洱海。

在当地生活的白族是个爱唱歌、懂生活、有情调的民族。白族人家的房子建得很高雅，白色的高墙上画着喻意吉祥的花鸟，栩栩如生且赏心悦目，白墙青瓦雁尾屋檐的小楼，一栋栋排列在洱海岸边和苍山的半山腰上。

在大理，谁家的房子也不挡邻居的视线。就是站在距离洱海很远的街道上，你仍然可以将洱海尽收眼底。这是在其他景区难以办到的。大理的天空湛蓝如洗，洱海的水也是碧蓝的。真可谓是山青青水碧碧，好一幅天高云淡。怪不得女儿女婿一家人喜欢大理啊！

蝴蝶泉，位于大理古城北面的苍山云弄峰下。潺潺泉水从沙石缝隙中逐渐流出，集聚在一个二十多平方米的水塘内，泉水碧绿清澈，一棵古树横卧泉边。每

年农历四月，蝴蝶绕泉翩翩起舞，形成泉水和蝴蝶交相呼应的奇观，这就是苍山洱海的蝴蝶泉。初春的蝴蝶泉游人如织，身着民族服饰的白族大嫂和彝族阿婆，成群结队的组成了服装租赁的迎宾队。色彩靓丽的各色白族彝族服装，把来自五湖四海的游客装扮得一身喜气，使人眼花瞭乱。真就分不清谁是当地的少数民族同胞谁是游客了。

沙太在许多旅游景区都见过出租民族服装的摊点，可从来没有看到过像大理蝴蝶泉公园这种“铺天盖地”的服装出租摊，花五块钱就能租一套还不限时间，离开景区时再归还服装，同时租衣服还不用交押金。我感觉，这种经营方式里透着大理人的善良和包容。沙太看到，大部分来蝴蝶泉观光的游客都租了衣服，拍完照后，又穿着民族服装逛公园，临走时才恋恋不舍的缴纳租金和归还衣物。沙太去过很多地方，也就是在大理的蝴蝶泉才见到这么便宜和便利的服装出租摊。沙太忙给三个小外孙各租了一套儿童穿的民族服装。小外孙们换上了民族服装，一下子就变成了帅气倩丽的小阿牛、小金花。

在蝴蝶泉边乃至苍山脚下，沙太给成长中的小外孙们留下了许多珍贵的影像。蝴蝶泉公园，有一处珍藏着来自全世界两千多个品种蝴蝶标本的博物馆，让沙太大开眼界。人类千百年来就羡慕鸳鸯、蝴蝶，希望与有情人下辈子变作蝴蝶比翼飞，足见人们有多喜欢蝴蝶啊！

大理古城，是一座历史文化古城，更是云南古代文化的重要据点之一。大理古城东临洱海，西枕苍山，城楼宽厚雄伟，城内屋舍院落错落有致，给人以视觉享受。如今的大理古城，是在明洪武十五年左右修建的旧址上重建的。城内从南至北有五条街，东西有八条巷，在这五街八巷上修建着三坊一照壁，四合五天井的白族民居。

大理古城内有古庙、书院、教堂、学校等建筑，古城市容整洁很有意境，令游人流连忘返。大理地区全年无四季之分，只有干湿两季之别。沙太初次来到这边，本能的就是以一个北方人的视角来体验大理。在这祖国西南高原小城市，天高云淡、碧水青山，成群结队的飞鸟在蓝天上撒欢嬉戏，永不凋谢的红花绿朵点缀着城池，一种清雅秀气的美充溢在游人眼前。大理的环保工作做得很好，当地绝少使用塑料袋，街道乡间也少有白色污染。

在回族和白族人居住的街道上，古朴的民风让游客心生敬畏，路旁的鲜花乃至墙壁上的乡约图画，都在诉说着乡民们的生活准则。在许多地方，少数民族同胞往往谦恭细腻，日子过得很有质量。沙太就很喜欢白族的同胞。

四十几天的大理之行结束了，除了苍山洱海蝴蝶泉的美丽自然风景，更让沙太备感震撼的，是云南少数民族兄弟的朴实纯厚和团结互助。

云南曾是明末守边关的大将吴三桂的辖区，他引清兵入关的那股“钻头不顾腚”的蛮劲，在今天云南当地的高速公路和国道上也能感受到，个别驾驶员那种不安全的超车行为，真有点他们的“祖师爷”吴三桂的“风范”，真是只要自己痛快，不顾千古遗恨啊！云南之行让沙太印象深刻的，就是那上了年纪的少数民族兄妹脸上那一道道“地瓜沟”般的皱纹。云南的西南季风和高原烈日，活脱脱的把美丽帅气的少女少男，变成成了枯瘦的老妪老汉，时光就是这样看似有情实则无情啊！

告别了云南，六十五岁的沙太内心百感交集，人生已然夕阳红，故地重游俱艰难啊！好的风景不是人人都有机会看到的，有时候也需要一些机缘。

二〇一八年三月九日于海南五指山

闽台秋游

二〇一七年十月十八日，是十九大召开的大日子。就在这一天的上午，沙太踏上了闽台秋游的旅程。高速列车沿泰山、黄山、婺源稳行疾驶，经徐州、蚌埠、合肥、上饶，横跨山东、江苏、安徽、江西四省，最终载着六十六岁的老妪沙太，来到了福建省北部的武夷山下。

一路上，沙太像个乍出村野的乡妇，被水家湖、无为、南陵，这样的高铁站名激起了好奇。这些地方，在缩略版的中国地图上也难以查到找到，如今借着高铁成为地方特色和旅游资源，一下子呈现在游客面前。可见高铁真的为国家经济发展立了一大功啊。

看着列车外面雾色苍茫的大地，沙太想起了自己一九六六年冬天的那次合肥之行。那时，领袖在天安门广场八次接见红卫兵的热烈场景，强烈的吸引了十一岁的小沙太，她和邻居家的小伙伴踏上了北京到浦口的蒸汽式绿皮火车。谁知列车却把两个十一岁的女孩儿载到了安徽蚌埠。幸好有好心的出差办事的合肥人，把这俩野性十足的傻丫头，送到了在合肥中科院的爱生大姐家。随后，十一岁的楞头青沙太，就自己一个人坐车从合肥转经蚌埠回到了济南。

沙太依旧记得，火车上的大副要一锹一铲的把煤投进火车头那熊熊燃烧的火炉中，只有烧出蒸汽来才能带动齿轮的运转，进而拉着火车向前跑。如今进入了高铁和互联网时代，很多事情都在这五十多年间发生了翻天覆地的变化。

淮海平原是祖国的大粮仓，赣南连接着闽北，黄山、上饶到武夷山一直到福州，大多是重山峻岭。感觉在这样的地形修通这条高铁线代价必然是很高的。这条高铁采用多个隧道相连，使武夷山到福州原来六小时的车程缩短为一小时，真是了不起。

武夷山和泰山、峨眉、黄山，同时被联合国教科文组织命名为世界自然文化遗产。武夷山盛产正山小种红茶和乌龙茶、大红袍及金峻眉。武夷山的土地性质属于岩化土壤，土地的矿物质成分较高，所以种出的茶叶与其他地域出产的茶品有着明显的区别。这里家家户户经营茶叶，武夷山真可谓是茶乡、茶城，一点也不夸张的说，这里就是一个茶的世界。在茶农家里品茶后，沙太也采购了心仪的正山小种和大红袍，懂不懂行先不说，在茶叶世界里不品茶、不买茶那才是枉来一趟的。

武夷山的名称来源，是有一段历史故事的。相传古时候，有位公生了两个儿子，大的叫彭武，小的叫彭夷，兄弟俩从小受父亲的影响，致力于大山的建设和改造。父亲去世后，兄弟俩继续开山造田栽种茶树，利用山涧泉溪灌溉稻田和茶园，乡亲们在彭家兄弟俩的带动引领下，过上了丰衣足食的好日子。彭武、彭夷百年驾鹤西归后，茶山的百

姓们，为了纪念他们的历史功绩，将这方圆七十二平方公里的秀美茶山改名为武夷山。

这武夷山和沙太的职业生涯也有一段小插曲。那是二〇〇二年的春天，沙太所经营的机械制造企业，搬迁到当地城市西郊的新厂区，办公桌椅的摆放都是按各部门主管的意见自行设置的。有一天早上九点多，门卫打电话说，有客人要见公司领导，沙太接待了这位中等身材，面目端正有点严肃的年轻小伙儿。小伙儿说他是武夷山道教学院周易五行学科的应届毕业生，路过公司门口时，受到这家公司的气场吸引，于是决定进到厂里面来看看。沙太的第一反应是，哟，这小伙儿是从武夷山上下来化缘的啊。在沙太的认知里，这类人都是靠嘴皮子吃饭的，但也不好拆穿。做生意得罪了哪路神仙也没意思。干这么个小民营企业，春天的大清早也应该图个吉利。小伙儿跟沙太扯了几分钟的周易五行，又说了几分钟的老子、墨子和朱熹。沙太对老庄、周易不生疏，但对武夷山和朱熹却知道的极少，交流中沙太觉得自己长了些知识。来自武夷山的小伙儿看过沙太的办公室和公司南总的办公室后，沉思片刻，对沙太说了这样一席话。

他说："您现在正处在事业的上升阶段，但不是事业的顶峰。眼前您在职场上的绊线有许多条，但都是些线儿，不是绳，无碍大局。南总的桌椅必须要坐北朝南，不能面

西背东，而且马总不会在现今的位置上待够两年的，以后会如日西下。”最后，小伙儿收下了沙太给的几百元，就谦谦离去了。时隔十五年，沙太在事业上做到了自己所能达到的极限，没多久就欣然退休养老了。而那机械制造企业已然是日落西山，南总也早已不知去向，一切竟然都让那小伙儿给说中了。

在沙太看来，武夷山是可以与泰山媲美的雄伟大山，有着大山所拥有的气度与胸怀，可以说，朱子文化和茶文化成就了武夷山，也可以说，武夷山的雄伟厚重，滋养了武夷山中的人民。我觉得没有历史文化，没有经济命脉的大山，是空洞乏味的，同时缺少自然美景，丛林溪水的大山，也不会使人留连忘返。武夷山是一座具有历史文化和经济价值的自然美丽之山。这样看来，正山小种、金峻眉、大红袍养育了方圆五百二十平方公里的武夷山人民。

人生就像是一条宽大且修长的织带，不知哪块织物里就埋藏着故事。再见了，美丽的武夷山。

沙太最早知道有福州这个地方时，是七八岁左右。那时，父亲经常去福州出差，偶尔也会带些福州当地的特色小吃回来，借着那些好吃又解馋的没事，沙太就记住了福州这个地名。

后来改革开放了，沙太有机会出国去观光旅游，不论走到什么国家，只要是有亚洲人的地方就总会有福建人在当地活动。福州是福建省的省会，那里是个很有特色的地方。福州最有名的地方叫三坊七巷。深秋，缠绵轻柔的秋风伴着沙太。漫步在三坊七巷的青石板三尺深遂巷道上，巷子两边被十米高墙围得密不透风，旧日里那些富商达官，文人墨客们，就是在这些高墙大院里消度岁月的。三坊七巷的主街叫南后街。坊巷之间形成网格状，坊巷相通很是方便。在后街上，商贾成群，日常生活所需，不用出街就全能买到。百年老房老巷，在灰白相间的色调间依然显得庄重与华贵。看来国家在当地的文物保护上是下了大功夫的。

沙太感觉福州人自古就很会享受生活，这三坊七巷更不愧是福州的一张城市名片。在距三坊七巷七百米左右的地方，当地人还开挖了一个面积不小的人工湖，取名叫西湖。这西湖地处城中央，类似济南的大明湖，给当地百姓提供了一个休闲健身的好去处。

在福州吃饭住宿都很方便，特别是福州的鱼丸和其他地方小吃，即便宜又好吃，让人吃一次就忘不掉。

沙太是个在卫生方面很挑剔的人，但福州却很让沙太很服气。福州的主要街道，每周都会由市政环卫人员，用水车配合人工进行彻底的刷洗，地面上几乎没有明显的污渍，真是难得的干净。福州人很讲究卫生，在当地的小吃店和小旅店，不管条件多么简陋，卫生却是一流的。福州是沙太喜欢和认可的城市，但福州当地人告诉沙太，盛夏时节可别来福州，这里的夏天可太闷热啦！

厦门是座美丽的现代化城市。在厦门新区，有很多城市交通设施的设置很象新加坡，增加了不少人性化的设计。厦门外来人口不少，当地火车站的老区稍微有些脏乱，城市整体也没有省会福州那样整洁有序。

为了明天一大早赶着去坐飞机方便些，沙太拉着箱子来到了厦门高崎国际机场三号航站楼的旁边，找了一家民宿住下。这里的民宿，都是当地村里的农民开的。他们的土地已经变成了机场航站楼和飞机跑道，于是用国家补贴的钱，买了汽车和盖几间房子，做起了跟机场有关的生意。靠着去机场往来的客流，辛苦地忙碌着，夫妻俩一年也能挣上二十多万块钱，也是提前进入小康生活了。在民宿住一天一百三十块钱，二十多平方米的含卫生间的套房，价格还是比较实惠的。

去厦门高崎国际机场的公交线路就有十几条，至于其他交通方式就更方便了，比济南遥墙机场的交通要便利不少。

鼓浪屿是厦门的城市名片。十几年前因商务原因，沙太曾两次登上鼓浪屿。那时，小岛上游人不多，许多具有代表性的建筑都还敞开大门让游人参观。现在的鼓浪屿可火了，每天都有很多班客船把来自五湖四海的游客送到鼓浪屿的码头，成群结队的游人在鼓浪屿游玩。当地游客太多了，同时很多建筑也不允许游客进入。游客只能通过一个个的标识牌，来了解那些建筑的故事。鼓浪屿上，有清朝末年的外国基督教传教士以及民国时期的海外华商修建的学校、医院、教堂和寓所。

鼓浪屿也是近代西方科学和思想，传入中国大陆的重要据点之一。随着中国人生活水平的提高，大家也愿意多出门走走，于是风景秀丽又有人文底蕴的鼓浪屿就逐渐成了热门景点。真是苍海无情日月如梭，百年前风华正茂充满诗情画意的鼓浪屿，现在已是一位年迈的老人带着些许沧桑，更多是做为一段历史来供后人浅析淡赏了。

沙太在鼓浪屿的一家东北人开的海鲜馆吃了一顿午餐，其中有盘辣炒花蛤是鲜嫩又好吃。谁料两小时后，在回厦门的返程客船上，沙太就开始闹肚子。幸亏有位北方姑娘帮忙，叫来船员打开了船上的厕所，沙太在客船的厕所里蹲了二十多分钟，把一周来在

武夷山和福州积攒下的肠火，都泄在了归途上。沙太老了，身体免疫力下降，感觉这像是上苍借着鼓浪屿的花蛤在告诫沙太，要小心吃住上的细节，一个老人出门在外可马虎不得啊！

鼓浪屿吸引着越来越多的游人，感觉大部分人来鼓浪屿游玩是来寻找一份昔日岛上中西合壁的文化情愫的。遗憾的是，历经时代变迁，很多建筑早已人去楼空，留下的只是些老照片和被岁月风雨侵蚀得锈迹斑斑的灰色老建筑罢了。

厦门高崎国际机场是大陆飞往台湾最近的空港，我感觉机场在各方面的设置都不亚于北京首都国际机场。游客在厦门高崎国际机场里特别方便，我为厦门机场点赞！飞机从厦门机场起飞，一小时二十分钟后到达台北机场。沙太搭乘一辆大客车，从台北桃园机场直接就到了位于台湾南部的高雄。

沙太看着当地到处迎风招展的青天白日旗，总感觉很别扭。从台北到高雄车程四个半小时，一路上都是亚热带的海岛自然风貌，感觉这与海南的风景也没有什么太大的区别。真正让沙太感叹的是台南的工业开发区，那些板式结构的厂房，密集的铺设开来，整个区域烟囱高耸林立。这些在工业区里忙碌着的台湾同胞，用每天的辛勤努力，为当地人提供工业品和日用品。

在高雄酒店，沙太听一位五十多岁的男职员讲述了一些台湾与大陆之间的往事。这位男职员是在台湾高雄土生土长的。他中等身材戴着眼镜，很愿意与游客攀谈。他说他爷爷是四十多岁时跟着东北军统帅张学良，渡海来到台湾。一九四九年，他的父亲才十几岁，跟着母亲也就是他的奶奶住在眷村。蒋介石把东北军都分散到台湾的各地，打乱了原有的体系，防止军队内部拉帮结派。他父亲成年后也在部队上服役，娶了当地人当老婆，生下了他们兄妹三个。这位男士属于东北军的第三代子孙。这一晃六十八年过去了，去台湾的东北军的孙子都当上了外公。这些在台湾长大的大陆子孙，只是听老辈人讲过祖辈生活的地方或从教科书和新闻媒体了解些有关大陆的政治经济情况，很少有人能有契机回大陆探亲。这几十年间，也只有七十二万人次的当地人去往大陆，其中许多人是到大陆经商和工作的。

我感觉当地老百姓没有多么富裕。当地人有着骨子里的骄傲，最初他们瞧不起落后贫穷的大陆人。这才几年啊，当地人开始感叹大陆的飞速发展了。人穷志短马瘦毛长，沙太有钱了才有契机来台湾旅游，了解一下台湾的真实情况。

沙太来到高雄，看着街面上陈旧的小商业楼上，挂着的那一块块用繁体汉字写的招牌，花花绿绿五颜六色的，特别是那个繁体写的“当”字，让我感觉好像来到了老电影里上海滩的实景拍摄地，陌生中透着熟悉。

在一段时间内，台湾地区的经济发展的不错，但当地道路、房屋都是几十年前建设的，这些年没有什么大的发展。在北纬二十三度的亚热带海岛上，这昔日的富庶，自然会容易被年轮的风雨侵蚀得斑驳灰暗。

西子湾，坐落于一片湛蓝而平静的海面上，“国立中山大学”就座落在海湾对面的山坡上。西子湾距离高雄市中心有二十三公里，乘公交车要有二十几站路，行程五十多分钟。西子湾是个旅游区，海湾中停泊着许多艘私人游艇和商务游船。不难看出，西子湾是当地人和外来游客，感受海洋的一个好去处。

为了好好体验高雄市民的生活，沙太完全把自己融入到市民圈里。在当地见到的都是中国人，又都说汉语普通话，交流起来没有任何问题。沙太换好了零钱坐上公交车，方便省钱还安全，谁也不会在意一个六十多岁两鬓斑白的老太婆的。高雄的公交车实行刷卡制，上车刷卡下车也刷卡，按乘车距离计价收费，没有卡的乘客按全程收费。从火车站到西子湾，全程收费是十二块新台币。公交车一小时一个班次，乘客很少，在上下班的高峰期也只是刚刚坐满人。

高雄市中心，有一个大型城市休闲广场。上午十点多钟，广场上零零散散的有十几位六七十岁的老年人在散步，这里没有内地广场扎堆聚众跳广场舞、打太极拳、唱歌的人群，感觉广场安静得有些寂寥。

在中心广场的对面是当地的历史博物馆，馆内用图片文字记录着当地的发展史。高雄是个适合人居住和养生的地方，交通方便又空气清新。沙太坐在中心广场公交车站的木凳上，观察着过往的行人、车辆，不见车水马龙人头攒动，只有人车稀疏的缓缓流动。高雄，是一座远离喧嚣的海边度假小城。

台南距离高雄只有四十多分钟的车程。台湾岛上的铁路交通非常方便，形成了立体交叉式的交通网。从高雄乘空调列车可以去台北、瑞芳和花莲，旅游线路任个人怎样安排都很便利。台南的大地上，有大量的厂房和烟囱，是当地的工业制造业中心。

在和当地人的闲聊中，有一位台湾退伍军官向我说了他对两岸关系的一些看法：“大陆要想和平收复台湾，一是自己真正富强起来，彻底消灭贫困，从精神和物质上战胜那些搞分裂的。二是一定做好军事准备，一旦打起仗来，台湾必然投降。”沙太觉得这位退伍老兵的观点很精辟。经济基础决定上层建筑，那些搞分裂的必然会失败。紧挨台南的新营地区，是一片以稻田为主的内陆平原，听说当地的土地利用规划是按区域分配功能的。在沙太看来，旅游是学习借鉴别人长处的绝好机会。

阿里山和日月潭是台湾岛的象征。清晨，天刚麻麻亮，沙太就坐上了从嘉义开往阿里山的旅游大巴车。嘉义是距离阿里山最近的城市，从嘉义开往阿里山的旅游大巴是两小时一班，车程两小时四十分钟，车费二百四十新台币，相当于六十块人民币左右。前一天的下午，沙太到达嘉义时已是四点多了，错过了开往阿里山的班车。于是沙太选择了一家距离火车站只用五分钟步行的小型旅店，房租是一晚六百元台币，相当于人民币一百五十元。台湾岛上的住宿十分方便，不管住大酒店还是住小旅店，卫生都达标，只是设施有所不同，进店不交押金，退房也不查房。

在晚上的嘉义逛街时，有一家经营日本新纺织材料运动装的店商女服务员给沙太留下了深刻而美好的印象。本来，沙太只是对新面料感兴趣，只想做一次学习和体验，经女店员耐心热情不厌其烦的介绍和服务，最后沙太心甘情愿的买了一万多元新台币的商品。女店员用谦恭的态度介绍产品的功能，说的最多的一句话是："阿姐，请允许我来向您说明。"这种客人进店就向客人行礼问好，客人离店就把客人送到店门外的经商风格沙太很喜欢。在台湾岛的任何一个小县城，从教育礼仪到商业服务，让人感觉差别没有那么大。

客车驶出嘉义县城，在乡村间的道路上行驶了五十多分钟后，就进入了阿里山那蜿蜒起伏的盘山公路，公路两旁的山峦上种满了茶树。阿里山是个方圆四百多公里的大山，也是台湾高山乌龙茶的产地。当地居民以种茶、卖茶和服务旅游业为生。每年的秋季，阿里山都会迎来世界各地的游客。据说在大陆改革开放以前，阿里山的游客大多来自东南亚和欧洲，现在当地是以接待大陆游客为主。之后，大客车在山路上盘旋行驶了一小时多，我们才终于到了阿里山森林公园的游客接待中心。沙太花了一百三十元的新台币买了一张进山门票，把行李存放在游客中心的敞开式自助存包处，随后沿着进山的木制栈道前行。对于没有遮挡的敞开式自助存包处沙太略有疑虑，问服务员这样是否安全，服务员说：“放心吧，这里有监控没问题的。”

阿里山的园区内正在进行修整，大部分进山的栈道禁止游人前行。受镇宫是在山半腰的一座道教庙宇。寺内香火浓浓，有不少香客跪拜祈福。再往山上走，是一片樱花园。其中一颗樱花树已有一百三十多年的树龄了。这些樱花树在每年的三月，都以姹紫嫣红的美吸引着来自世界各地的游客。漫山遍野的醉人樱花，配上汽笛长鸣的蒸汽机小火车，形成了阿里山的一大美景。

时至深秋，沙太今天在阿里山只能面对花落叶开的老樱花树听景想景啦。据说这片樱花园，是日本人侵占台湾时期，由名古屋移来的樱花小树苗栽培而成的。

樱花和小火车是阿里山的灵魂，然而这灵魂的历史却润含着太多的心酸。

阿里山属于亚热带森林气候，十月末的深秋时节，早上是需要穿棉衣的。

上午十点多时，太阳才透过浓密的树林洒落在山间小道上。生长在两山沟壑间的松树整整齐齐，一排排十分挺拔，最高的松树感觉有十层楼那么高，不禁让人觉得肃穆宁静。沙太也用心观赏这些大山深处的松柏。它们庄重而高雅，看了就想让人远离尘嚣。看来，要想让自己内心清明，只有远离尘嚣啊。

在阿里山的半山腰有一处奇观。当地有一棵古木，枯树上长出新枝，延续了三代，可谓树中的三代同堂。据说，第一代的树是被雷电劈断的，第二代的树是被日本人砍倒的，在此基础上第三代树逐渐长出，现在仍然枝繁叶茂。这就是生命力顽强，生生不息的“三代木”。

在阿里山，沙太没见到美如画的姑娘，也没有看着壮如山的少年。只有满目的松柏和茶园，和一座养育了万千黎民百姓的大山，它尊贵荣耀而自信，在这里只有自然的和谐。

告别了寓意深长的阿里山，沙太又乘上旅游大巴车，在中央山脉的盘山公路上颠波了三个半小时，来到了日月潭景区。沙太感觉旅游真是一个好产业啊，一个好的景区就是一方百姓的饭碗。日月潭，是坐落在台湾中央山脉间的一个大湖，日月潭本来是两个单独的湖泊，后来因为发电需要，在下游筑坝水位上升，两湖就连为一体了。在日月潭四周，点缀着许多亭台楼阁和寺庙古塔。山腰的玄奘寺内存放着唐僧玄奘的部分遗骨。沙太住进了临近景区只有一百多米的民宿宾馆，街道上非常干净整洁。今年夏秋时节的台风入侵台湾太多了，当地蔬菜水果价格很高。在小吃店里，沙太几天没吃水果蔬菜，于是特意点了一份青菜，不料店家竟然端上来一盘豆腐干切成的豆干丝。没办法，出门在外客随主便，只能将就着吧。

清晨，一轮红日映在湛蓝色的湖面上，反射出霞光万道。四面青山环绕，白云朵朵，日月潭

真像一个被亲人宠爱着的娇羞少女啊！导游介绍说：“看到那边那座白色青顶的迎宾楼了吗？当年不少达官显贵常来这里度假，就会在小楼里住上几天。”如今，日月潭边上的迎宾馆，每天的房价也不过四千台币，相当于九百八十元人民币。望着这方潭水湛蓝、碧波荡漾又如诗如画的美丽湖面，沙太不禁想了许多。真是人生易老天难老，再壮丽的生命旋律，也会似万千流水般消逝。

花莲，是一个去过的游客都会称赞的地方。许多到过台湾观光的大陆游客，回家后说的最多的就是花莲太美了！为了见证花莲之美，沙太专门留出了两天时间去花莲游玩。花莲是台湾东部沿海的一个县城，从台北乘火车经过宜兰等四个县城，穿越许多隧道，运行两小时十五分钟左右就能到达。在接近花莲的大山中有许多石料厂、石灰厂、水泥厂，感觉空气中充满了粉尘。你看人家海南岛，已经清除了有污染的经济发展项目，成为实打实的休闲旅游岛。如果台湾回到祖国的怀抱，政府肯定会处理台湾岛上的污染问题，使美丽的宝岛更加靓丽。可现在台湾岛上的建设项目还指望这些山里产出的石料、水泥呢。

花莲的美，源于海山相依，海天相连。无尽的大山绵延起伏，大山间有百年来人们建造的寺庙、名人纪念馆和长廊。这些人文建筑引不起沙太的兴趣，沙太只为花莲七星潭边上的大型航空基地所震撼。七星潭是花莲沿海区域通往大山的起点，这里面对辽阔的太平洋，白浪涛天，乌云密布。在七星潭那美丽的沙滩，沙太整整待了四个小时。

在花莲几十公里的沿海盘山旅游道，有能让游人步行的沙滩栈道，也有自行车专用道，更有一条双车道的汽车公路。游人根据自己的身体条件和爱好，可以租汽车，自行车或摩托车自驾游，也可以搭乘旅游专线班车去想要去的景点。沙太选择的七星潭，距离花莲市区二十多公里，我从早上七点出发，下午一点就结束了旅程。花莲的夜市很有特色，可以淘到不少有当地特色的小玩意儿。沙太喜欢被海浪冲刷得干净圆润的小卵石，弯着腰在海滩上捡了扔、扔了再捡，折腾了一个多小时。直挑得自己头昏眼花，才把几颗有眼缘儿的鹅卵石放进挎包里。人啊，啥事儿都讲究个缘字，那太平洋里的石头，不知被大洋磨洗了多少万年，终于被沙太看中，捧在手心里当宝贝。

花莲的地方小吃店也别具特色，食物价格不贵，品相很好也特别可口。再美的旅游景点，游人在观赏过后也是要离开的。在花莲火车站的站台上，我看到有一个三十几人的团队，团员的年龄均在五六十岁之间，他们穿戴整齐，一律是浅兰色的衣服或裙子，女人都盘着头发，显得干练精神；男人则一律留着平头，就连脚上的鞋袜也是统一的。沙太观察了一会后，断定这是一个搞社会活动团队。在台湾，各种团体轮番在媒体上宣传自己的主张，还经常搞游行和社区活动，好像谁都是“真理”的化身一样。

每个入台旅行的大陆游客，在办理手续时，还要把自己的行程路线，申报给相关机构。沙太预先买好了往返机票，一晃七天过去了按照原定游程，还有一天半的时间可以逗留在台北。台北是一座现代化气息十足的大都市。整个台湾岛有两千三百万人，光是台北就占了将近三分之一，那种大都市特有的喧嚣是不言而喻的。沙太拉着箱子，去了台北客运中心附近的几家大酒店，都因客满无房而离开。最后沙太只好乘出租车，让出租车师傅给找了一条商业街，在商业街上住进了一家狮城民宿。一路在出租车上绕了半天，等沙太到十二楼的民宿的窗口向外一看才发现，这间民宿其实距离台北客运站直线距离还不到两百米。

台北是个商业旅游城市，食宿交通极为便利。当地星级酒店住一晚要四千台币，相当于九百八十元人民币。沙太住的民宿，每天一千五百元新台币，相当于三百二十元人民币，相比之下就很实惠了。沙太住处的小吃街上各种吃食应有尽有，一顿饭花上一百块新台币就完全足够。在这一点上，台北比当地其它城市要方便和实惠不少。

“冬季到台北来看雨。”这是一首流行歌曲里的歌词，也是这句歌词让许多大陆游客对台北冬季的雨，产生了着无尽的遐想。可叹的是，自沙来到台湾旅行，这一路都是艳阳高照，无风无雨。正略感遗憾呢，结果当天夜里，窗外淅淅沥沥的雨声把沙太从睡梦中叫醒了。透过窗口向街道上望去，白天车水马龙的街道两旁，摆满了两排绿色盆栽植物，这是盆栽的主人在让它们淋浴呢！当地人就是这么细腻，不论是生意人还是家庭主妇，每个人都很注意利用、节约资源。这种勤俭细腻的持家方式是值得大家好好学习的。

清晨，天刚放亮，沙太赶忙起身，撑一把雨伞来到了街道上。夜间摆在街道两旁的绿色盆栽，一大早就都被主人搬回了室内。在细雨中行人稀少，沙太沿中山南路一路向

南而行。

在国民党败退台湾时，将大量的国宝运到了台北。所以台北“故宫博物院”中的藏品还是比较丰富的。台北“故宫博物院”，坐落在台北城市的东郊，距离中山南路有二十多公里的车程。台北“故宫博物院”，是一座白色基调蓝绿相间的，古典与现代建筑风格相融和的建筑。

来到台北“故宫博物院”，登上三层望台后举目远眺，当地幽静而美丽的风景让沙太生出一些自己是在奥地利维也纳郊外夏宫的错觉。亚热带的岛屿上，茂盛而绿光闪烁的植被，环绕着这座存展着中华历史精华的展厅，苍松翠柏林立的崇山峻岭，倚围在建筑物的四周，这一切真的很美。

沙太没有太多的时间去仔细观赏那众多的国宝文物，只能选择些书画、瓷器的照片纪念册带回去，以供自己在之后的岁月里仔细品味。

当地人做的纪念品，大部分仿真度高且精美细腻，有的物件真是让人爱不释手，但

价位也不便宜。在台北“故宫博物院”，光是采购旅游纪念品，沙太就花了一万两千多新台币。

这次来台湾旅行，沙太发现有一点很有趣，就是在当地乘坐的出租车有博士生开的，也有退伍军官开的，这在内地是很少见的。

从武夷山开始，沙太的闽台之行也有十几天了，就这样一路走一路玩，感受着大好河山的风光和人情，很是过瘾但也开始有了几分疲惫。台湾是个好地方，盼望着台湾早日回归，让我们的交流不再需要签证。

二〇一七年十一月二十七日于五指山

漠河、呼伦贝尔、齐齐哈尔

位于南海的曾母暗沙是中国的最南端，而在漠河的北极村则是中国北疆的第一哨所。近几年，去中国的最北端寻北、找北逐渐成了大众比较感兴趣的旅行项目。

今年的夏天沙太的老家酷热难耐，为了避暑也是为了寻北，沙太也投入到了漠河北极村之旅中。正值暑假，去漠河的火车卧铺票早在网上平台放票的十分钟内，被旅行社和个人出行的游客抢购一空。无奈，已六十六岁的沙太，只好从黑龙江省的省会哈尔滨，转乘绿皮硬座火车，颠簸了十五个小时后，到达中国最北的地方——漠河。

这时的沙太，就是这样疯狂，是生怕自己哪天生病了，来不了这中国最北之地。沙太一下火车，就被站台上的凉风吹得打了个哆嗦，赶忙披上事先准备好的外套。

这一夜的火车可没白坐，沙太彻底从那酷暑中逃出来了。望着那一望无际的绿色原野，这辽阔宽广的祖国大北疆，沙太觉得来一趟真的太值了。

漠河，这座中国最北端的小城，只有二百年的历史，现今常住人口不过几万人。令漠河人没齿难忘的，是一九八七年春天的那场森林大火。漠河人在那场烈火中逃生，那

大火几乎燃尽了大兴安岭的原始林带，使千年郁郁葱葱的白桦林和野松林化成一片灰烬。今天的漠河小城，安逸又干净，城市道路规划得横平竖直，房屋楼舍的布局也很合理，隐约之中带着点东北特有的民族风情。

在沙太与当地人的交谈中，普遍提到的事情有两件。一是当年的森林大火。那场从漠河一直蔓延到塔河的森林大火，整整烧了三十多天。二是黑龙江以北的江北六十四屯的问题，漠河的百姓时刻念叨着这些土地。沙太是真没想到，在祖国的最北疆，还有这么一群爱国的老乡。

北极村离漠河八十多公里，有四百多户人家。在地方政府的支持下，北极村已发展成为国家5A级旅游景区。

北极村人实行集团化企业管理，每户人家的主要劳动力都由北极镇政府来安排工作，据说当地每年要接待一百多万来自中国和世界各地的游客。北极村作为国家5A级景区，其中大片的农田、树林和村落，一起成为寻北、找北的游客们的景点。村里不光有豪华设施齐全的酒店宾馆，还有许多民宿。沙太住进了一家叫“旅游之家”的民宿。这家民宿睡得是火炕，房间干净宽敞，进门就脱鞋上炕，蛮有北极村的特色。沙太坐了十五个小时的硬座，又睡了两晚硬邦邦的火炕，早上一觉醒来，感觉自己的老腰都快要

断了。我的亲妈呀，这是遭的哪门子洋罪啊！没办法，沙太非想来寻北、找北，就得让这“北”折腾折腾自个。

北极村的特色旅游景点有，最北哨所、最北人家、最北电视通讯塔。在北极村的夏季，早上三点四十分，天就已经大亮，晚上九点后，天色才慢慢暗下来，日照时间超过十八小时。

当然，在当地冬季的一天中，也同样有十八个小时被黑夜笼罩着。冬天，北极村会迎来许多踏雪、赏雪的年轻游客。在白雪茫茫的大地上，在冰冻三尺的黑龙江上，坐上马拉爬犁，那种豪放奔腾的感觉，肯定比夏天乘凉观景更有情趣。

在北极村的最北广场，望着涛涛奔流的黑龙江水，看着江那边俄罗斯边防哨所的灰色影子，沙太赶忙拿相机记录下这个在祖国大地上最北的“北”字吧。

漠河九曲十八弯，是黑龙江流经漠河北红村，绕丘陵自然形成的十八道弯曲水道。在夏季，那凹凸有致的丘陵，被绿色植被温柔的覆盖着，河道上那红棕色的江水，环绕丘陵成“U”字形，远远的望去真美啊！大自然那无需装饰的美，胜过了任何人为的文字和画作。沙太觉得，真正美丽的风景来自自然和生活。

大兴安岭白桦林的名气很大。在一九八七年的森林大火之后，国家又在大兴安岭补种了很多的白桦林。看着眼前这一片片瘦弱纤细的白桦林，深感育林的不易。当游客在林地附近拿出打火机和香烟，想要点火吸烟时，就会有巡查的护林员上来厉声阻止。是啊，游客又怎么懂得，漠河人因当年的那场火灾失去了什么。大火以后，漠河人就连睡觉也惦记着森林防火的事啊。

在漠河的针叶松林中，每天都有当地农场的工人，骑摩托车到林子里去采木耳、蘑菇、野蓝莓。他们有男有女，带着头盔穿着胶靴，只有在离开树林很远的大河边上，才敢掏出自带的香烟吸上几口。东北的女人普遍都喜欢吸烟。过去是抽大烟袋，现在都抽开了香烟。沙太很讨厌吸烟的人，但这次是个列外，在漠河大桥的河边上，我像欣赏风景一样的，观赏着那群采山货归来的吸烟人。

毫无疑问，北极村是一个很吸引游客的方。北极村在中国最北，夏天也很凉爽。生活在北极村的人，要付出比常人多许多的坚韧。沙太在北极村住了三日，感觉很值。

满归，一个充满民族风情的名字。满归，是内蒙古与黑龙江交界的一个小镇。如今，满归已经成为自由行的“驴友”们坐车从漠河北极村到呼伦贝尔草原的必经之地。从漠河到满归，每天只有一趟通勤车。下午一点，通勤车准时从漠河汽车站出发，沿着大兴安岭白桦林的防火道，像一条老旧的江中帆船，晃晃荡荡的慢行在颠簸的林间小道上。

从漠河到满归，一共是一百二十公里，但路况太差，客车竟然走了三个半小时。但游人却没有什么怨言，若是不走满归，就要绕道萨克拉旗，还要多花费十几个小时，更不方便。下午五点多，沙太住进了满归小镇上的旅店。这是一间有大土炕的单间，有卫

生间和洗澡设施。满归的夏天实在是太凉快了，白天也才十九度，晚上就会降到七八度，盖上厚棉被也不会出汗，感觉根本用不着洗澡，就连脸也懒得去洗。当地的空气也十分清新，完全没有什么灰尘。

沙太走在满归的小镇上，看到店铺招牌上都用汉蒙两种文字标识着，城区也是一溜的红砖、红瓦的平层建筑。大街上人流稀少，当地一斤西红柿要卖六块钱，一斤甜瓜也要七块钱，感觉物价还是比较高的。

到了满归就是踏入了内蒙古，沙太内心涌动着丝丝缕缕的亲切感。人啊，骗不了自己的记忆。记得自己青春年少时，那七年内蒙大漠的生活，是沙太一生也难以忘却的。

满归还有杭锦后旗的陕坝，同是内蒙古的小镇，一东一西相隔千里，当地经济正逐渐发展，但依旧保留着古朴又实在的氛围。当地男人、女人那黝黑的皮肤和稍带沙哑嗓音里的内蒙普通话，这唤起了沙太的许多回忆。过去的，是永远的过去，重要的是珍视自己当下的时光。

满归，是漫漫千里的大兴安岭林海中的一个驿站，也是内蒙古最北的小镇。

满归的房价只有每平方米两千元左右。有些南方的富裕人家，花几万元钱就能在满归镇上买一处小院，在夏季来这里避暑纳凉。这里的夏天离不开毛衣和棉被，冬天最冷达到零下五十八度。当地许多年轻人都到大城市谋生去了，小镇上只住着万来人。

沙太觉得，冷是比热更不能让人忍受的。热很难受，冷更难受。

清晨，刚过五点，天下起了细雨，穿着毛衣还感觉有些凉。沙太拉着旅行箱朝着满归火车站的方向行进。真是有福气啊，沙太买到了一张满归到海拉尔的硬卧下铺票！这正是沙太赶上有临时退票的，早在二十天前这趟车的卧铺票就售光了。去车站的路上，沙太是满心喜悦。

满归，一个在缩略地图上都找不着的小镇，愣是借着一列从满归开往满洲里的绿皮火车，让沙太和去漠河游玩的“驴友”们记住了这个地方。从满归到海拉尔，列车运行了十四个小时，列车一过牙克石，大片的草原就呈现在了游人的眼前，大草原的很美真的让人词穷。

位于呼伦贝尔大草原边缘的海拉尔，是一座有着百年历史的草原城市。海拉尔只是呼伦贝尔市的一个区，就像济南市的历下区一样，占据城市的中心位置。

暑期假日，来草原旅游的教师和学生不少，市内的大小宾馆酒店早被预订一空，沙

太只好住进了一家靠近火车站的民宿。沙太不太讲究吃住的硬件条件，比较重的是居室内的卫生。民宿老板是一位少数民族姊妹，她的父母都是从俄罗斯移民到呼伦贝尔大兴安岭林场的。女老板那对深陷眼窝的浅褐色的大眼睛，和高鼻梁都告诉沙太，她是一个俄罗斯族女人。本来，沙太只想在这家民宿住一天，但第二天去几家宾馆酒店一打听，暑期旅游高峰，原来一天二百块钱的快捷旅店，现在一天就要一千二百块钱，真是太贵了。无奈，沙太可不想伸着脖子被人宰，只好听民宿女老板的劝告，就在她家的小房间住下来，把省下来的钱买成草原特产寄到大理，让小外孙们过过嘴瘾。

女老板还说，其实草原上的旅游旺季只有四个月，十月份草原上就会逐渐下雪，天

冷了游人自然就没有几个了。沙太继续听从女老板的建议，第二天早上八点以前，就打出租车来到海拉尔城市西郊的旅游景点，海拉尔国家森林公园，这样还省下了八十块钱的门票。在海拉尔国家森林公园，沙太才真正知道了什么叫原始森林，什么是参天大树。

在森林公园的山坡上，上百棵有着百年树龄的樟子松，坚定地扎根在这深褐色的土地上。这些爷爷奶奶辈的大树，一棵棵挺拔又英俊，枝繁叶茂，让来瞻仰它们的人心生敬畏。乘着清晨八九点钟树林里的婆娑光阴，沙太穿行在古老生命搭建的绿色栈道上。我感觉在自然界中，让人类借鉴膜拜的物种太多了，就是眼前这几百棵高龄樟子松，完全可以把人类那点儿骄傲给比下去了。

从黑龙江的漠河北极村，到大兴安岭的白桦林，再到内蒙古的海拉尔，在这千里美景中，只有海拉尔的原始森林，让沙太深感震撼。也只有在这么冷的地方，樟子松才会有如此长的寿命。这些樟子松挺立在那里，给人类打气鼓劲，沙太觉得它们是胜过黄金

的无价之宝，也是最美丽的诗篇！

中午，来到了海拉尔市中心的成吉思汗广场。一组成吉思汗骑马出征的雕塑群吸引着众多的游人。一代天骄成吉思汗，永远是草原人的自豪和骄傲。成吉思汗也是中国历史上，出征横跨亚欧大陆的第一人。真是心有多大，路就有多远。来到海拉尔，让沙太难以忘却的，就是海拉尔的樟子松和当地成吉思汗雕塑群。

二零一八年夏季的呼伦贝尔大草原上，草格外的绿天格外的蓝。这是近十年来，草原上风调雨顺的好年景。感谢长生天！这是草原牧民围着敖包祈福时的虔诚祷告。传统民歌《敖包相会》，让大家知道了敖包这个地方。但大多数人却不知道，敖包也是草原牧民向长生天祈福的祭坛。那一块块石头、一条条哈达，在向长生天表露着一个个诚实执着的心愿啊!

千百年来，草原人是靠天吃饭的。蒙族导游呼愣嘎哥，尽职责的向大家介绍着呼伦贝尔草原的大体状况。为了让草原牧民生活得更幸福，国家在内蒙古实施了不少的惠民工程，基本实现了通水、通电、通天然气、通路，也基本解决了牧民的交通、通讯和冬季人畜防寒越冬的问题。

为了让牧民集中取暖越冬，政府出钱给牧民盖好了符合蒙古族生活习惯的噶咋，也就是村镇。国家对少数民族兄弟真是太贴心了！草原上的冬天特别的长，当地牲畜也在政府的大力支持下，得到了在温暖的越冬圈里过冬的待遇。美丽的草原，现在是牧民一家一户的牧场，政府把草原按区分到了牧民的家里。

到草原旅游的游客，就是奔着去看大草原的。如今的草原，草绿天蓝美若诗画。但你若想深入到草原，去亲近和拥抱草原，牧民朋友会十分欢迎你。只要每人交上一百多块钱，牧民就会让你到他们的蒙古包里去做客，热情真诚地让你品尝蒙古族自家制作的奶茶、奶酪和牛肉干。蒙古族老乡还会把各色的民族服装准备好，让你穿上蒙古袍，在美丽的大草原上尽情的留下倩影。

沙太好不容易来到梦寐以求的呼伦贝尔草原，绝不会放过与草原近距离接触的绝好机会。沙太换上蒙古袍，戴上蒙古帽骑上蒙古马，在草原上大声地呼喊："草原我爱你！"沙太千里迢迢的奔波，就是为了这欢乐的时刻！但也有为数不少的游客，就为省下那点钱，被铁丝网隔在路旁的停车场上，远远的看着别人尽情享受游草原的美好。

导游是很难喜欢搂紧钱袋子的游客的。本来旅游就是一种双向扶贫。游客是为着填饱自己饥饿的精神世界，景区是为了解决当地财政收入问题。像那些很会过日子的人，最好是留在家看看电视，这样省去一路的疲累和开销，不更划算吗？

沙太觉得，草原有着化繁为简的特殊能力。汉族人那一堆吃喝的繁琐事，就被草原牧民用红食，白食和青食，处理的妥妥当当，一餐也不少，一顿也不累。

先说说草原上的主打的白食吧。所谓白食，就是以羊奶、牛奶为主要原料的奶制品。牧民最常喝的是奶茶，最常吃的是奶酪。奶皮子是牧民出外放牧时，带在行囊中的食品。奶皮子是很硬的，薄薄的指甲盖大小的一片儿，就足够让你咀嚼好久，这也是牧民打发寂寞时光的好办法。红食就是各种动物的肉类制作的食品。像手抓羊肉、烤全羊，都是草原牧民的最爱。牧民与自己的牲畜朝夕相处，待这些牲畜就像家人，一般是不会轻易宰杀它们。只有在盛大节日或家里来了尊贵客人，才会宰杀牲畜做手抓羊肉和烤全羊，以示庆祝和对客人的尊重。青食，是草原上到处都长着的野韭菜。夏天，草原上到处都盛开着白色的野韭菜花，牧民可以将采来的野韭菜用石窝子捣碎，放上些盐和味精当下饭的小菜儿。

随着经济的发展，当地的百姓都看上了电视用上了手机，生活习惯跟内地逐渐趋同。草原上的牧民，也已经把过去的饮食习惯，作为一种传统礼仪。最让沙太心动的，不是俄罗斯女孩的舞蹈，也不是民间艺人的杂耍，而是蒙古族小伙那浑厚悠长充满忧伤的蒙古长调。静夜里，草原上寂静平和，天空中繁星点点，马头琴和着深沉的蒙古长调，把人们带入到了虚幻朦胧的时空中。蒙古长调没有歌词，也没有预定的曲调。它是草原人与长生天的对话和心语，凡是心灵纯洁的人，都能理解这一点。蒙古长调是草原牧民用近似于呼号的声音，向苍天诉说牧民和草原其他生灵的悲伤与欢乐，这是一种独特的音乐形式。

呼伦湖，坐落于距离满洲里一百公里处的西乌格尔盟境内，湖的占地面积有四百多平方公里。呼伦湖浩瀚深广，放眼望去就像一片蓝色的海洋。给人以豪放无尽的感觉。这次草原之旅，沙太基本住的都是民宿和车马大店，整体条件一般。来到呼伦湖旅游度假村，导游问沙太是否可以拼房，对拼房的客人有什么条件？沙太感觉只要对方不偷东西就行。之后沙太住进了四星级的度假村的标准间，与沙太同室的是一位沈阳的中年女警官，还是干刑侦的。女警官干练利索，说话不拖泥带水，很快就成了沙太的旅伴。一路上，我们两人互相照应，沙太感觉比跟老相识一起出门还要痛快。

莫日格勒河，是额尔古纳河的一个支流。老舍先生称它是中国第一曲水。客车奔驰在辽阔无边的呼伦贝尔大草原上，放眼望去都是绿色草地。就在草原的北端，突然呈现出一片片参天大树，感觉这分明就是羊群之中突然出现了骆驼啊！

等车子走近了才看到，原来在郁郁葱葱的树林间，流淌着一条弯弯曲曲的河流。茫茫无尽的草原上，上苍给安排了广阔如海的呼伦湖，还有那悠长的莫日格勒河，让生活在这方土地上的生灵，有了生命的甘露。

十几日来，连续的漠河北极村和满归海拉尔草原上的奔泊劳碌，让沙太倍感疲乏。草原上的白食和红食，吃得沙太满身的火气，嘴巴上也起了一圈大燎泡。正应了民间那句老话，世间没有两全事，有得必有失啊。太累了，沙太把一夏天在家中攒下来的那把子力气，都已经挥散得差不多了。于是沙太躲进女老板的民宿里，写几句在草原游玩的感悟来消磨时间。

我这眼睛好兴奋，看到这美丽的大草原啊！蓝天白云，牛羊成群，如诗如画。

我这耳朵也好满足，晚上睡觉时，连一点儿声音都没有。我这鼻子使劲吸了一口气，有很长时间都没呼吸到这么新鲜的空气了！可我这肠胃却难过的嘟噜着，好事都让你们给占了，怎么也不照顾一下咱肠胃的情绪啊！嘿！我这皮肤也跟着凑热闹来了，草原上的芨芨草扎得腌又疼又痒，牛羊身上的蚊虫牛虻，叮得腌满胳膊满腿都是包，太难受了。后来在经过呼伦湖的水洗浴后，浑身还起满了小红疙瘩。这一路走下来沙太听懂了器官们的对话，它们是在提醒主人，以后可要注意爱护它们啊！

民宿女老板很会做生意，每天能把四个房间的客人接满，剩余的时间还可以帮助朋友去招揽客人。这几日，沙太的对门住上了一位四川乡镇企业的医药代表。这是个五十岁左右的小个子男人。他逮上个机会，就没话找话说的探听其他房客的信息。沙太有时会与女老板说说来草原旅游中的见闻，估计起重工不少内容也被他听了去。

旅游就是走马观花，再美丽的风景，在看过之后还是要回家的。早上，女老板帮沙太拖着行李，两人准备去火车站，沙太要回家了。正要起身，四川医药代表出现在两人面前，看那架势像是有话要说。“老板，我告诉你，我们和这位大姐可不是一路人！你是林场下岗工人，私下里开个小家庭旅馆，属于自由职业者。我呢，是私营企业的推销员，旱涝不保。人家大姐就不同了，大姐拿着国家按月给的上万元退休金，吃喝剩下的还可以到处周游，这就是眼下社会的不平等呀！”

沙太听着医药代表的话，一下子想起了那年在海南，有一位黎族老太，指着沙太用黎话大声说了半天，感觉她好像也是在宣泄自己的不满。尽管沙太自己知道，尽管自己退休后长了十几年的退休金，如今每月国家发的退休金还不到三千元，完全不像黎族老太和医药代表想象的那样。

社会本来就不平等，我们国家需要许多年的努力，才能缩短贫富差距达到共同富裕。沙太没有义务也没有必要给谁解释什么。一个老百姓，在自身经济条件允许的前提下，去实现自己的小小的生活目标，也没有什么不对的。

齐齐哈尔市是黑龙江省的第二大重工业城市。在距离市中心二十五公里的扎龙，坐落着亚洲第二大湿地，那就是扎龙湿地。扎龙湿地是丹顶鹤的故乡。每年春末，世界各地的丹顶鹤就会用它那坚强有力的翅膀，从世界各地来扎龙湿地度过炎热的夏日。冬季来临之时，这群富有灵性的鸟儿，就会飞到南方去越冬。候鸟，为了生命不被酷暑、严寒摧残，采取了这种特殊的生存方式，当然代价会很高，但一旦到达目的地，它们的日子就会变得好过了不少。

来到扎龙湿地，映入眼帘的是星罗棋布的湖泊和浩浩荡荡的芦苇荡。大片的树林把湿地围在当中，游人却看不到几只野生的丹顶鹤，这些珍贵的大鸟显然不习惯与喧闹的人群相处，它们都飞到湿地的深处，去过自己喜欢的日子了。游客所能看到的丹顶鹤，是景区关在大笼子里的。

齐齐哈尔对沙太来说，有着非同寻常的记忆。在沙太三十六岁那年的初秋，嫩江共青农场的周易学者金子，在齐齐哈尔的民政招待所，为迷茫中的沙太指明了生活的方向。女人，就不要把命运寄托在任何人的身上，要让日子过得体面些，只有努力地学习努力地工作才能改变命运，天上永远不会掉馅饼！

时过境迁，二十八年后，沙太第二次来到了金子曾为自己指路的齐齐哈尔，这座城市已经发生了翻天覆地的变化。在舒适凉爽的维也纳酒店，沙太回想了许多往事。感谢金子，感谢齐齐哈尔这座真诚朴实的城市，这里是沙太人生旅程的第二个启航站。

就要结束十几天的漠河、北极村、呼伦贝尔草原的夏季之旅了，沙太真有些舍不得当地那晴朗舒爽的天空啊！

感觉一切都是过眼烟云，再美好的风景，也只能滋养你生命的某一时刻，就像一碟美味的小菜，是当不成主食的。

二〇一八年八月十八日写于山东济南

玉龙雪山、香格里拉

旅游，已经成为沙太生活之中必不可少的一项活动。每年沙太都要拿出两个多月的时间，到世界的某一个国家或者地区，去走一走、看一看。凡是读过些书，有过一些人生经历的人，大多都会有离开自己常年生活的地方，去外面的世界走走看看的愿望。旅游不光是为了满足人的好奇心以及增长见识，更可以通过观察体验不同国家、民族的生活习惯和环境，来让自己学会感恩生活。

沙太的大半生，都是在共产党领导的新中国计划经济时代度过的。那时国力弱，国人每日为三餐而忙碌，谁也顾不上去游山玩水，大部分人只是在唐诗宋词中，略知一星半点的名山大川。现在好了，国人的生活水平提高了，走出国门轻而易举，哪怕是在国内，从这省到那省也好似从这屋到那屋一样方便。

沙太每年的旅游就像串门走亲戚，太方便了！但让人遗憾的是，现在条件是好了可自己却老了，去也只能去那些海拔低或者自然条件好的地方。像玉龙雪山、香格里拉、西藏拉萨这样的旅游目的地，就只能是在电视上看看，望梅解渴了。随着年纪变大，感觉自己该去的国家和地方也走得差不多了，甚至感到自己生命中剩下的可供消耗的部分也不多了。但沙太是不甘心的，总想去玉龙雪山、香格里拉和去西藏拉萨看看。

拗不过内心的沙太经过多项准备，终于向玉龙雪山和香格里拉发起了“冲锋”。初春的玉龙雪山，游人依然不见少。沙太一行七人，清晨从丽江古城出发。

出发时天上已飘起雪花，到了玉龙雪山风景区的停车场时，地下已经积下了薄薄一层白雪。当地的导游兼司机，是一位纳西族青年妇女。她熟练利落的给每位游客发了一套大红色的棉服和雨衣，外加一瓶手提氧气。

导游在进山口买好观光票，就嘱咐大家：“登山一定不要逞能，这几天有两位男青年在游雪山时牺牲了。不是吓唬大家，出了安全事故的，都是平时身体好的。他们自以为年轻，身体本钱够，可偏偏玉龙雪山就把他们给留下了。”导游的这番话，着实让沙太的心里“咯噔”了一下。怎么上个玉龙雪山还和上战场一样呢。随时还会有生命危险，这算哪门子事儿啊！

玉龙雪山，是北半球离赤道最近的、终年积雪的山脉。山脉间有着离赤道最近的冰川。玉龙雪山的主峰扇子峰海拔超过五千五百米，南北走向的长度是近八十公里。玉龙雪山有十三座雪峰连绵不绝，宛若一条飞龙腾空飞舞，故称“玉龙”。

同时，玉龙雪山也是全国首批5A级风景区。当穿上棉服和雨衣通过几百米的栈道向缆车索前进时，六十五岁的沙太就感觉胸口发闷，脚底下像是灌了铅，行进得十分艰难。同行的六位游客，都是二十来岁的男孩和女孩，他们大呼小叫的催沙太：”阿姨，快点儿，快点儿啊!”沙太在心里说：“瞎催啥啊，在这里可不是催命嘛!”等沙太走到团友的身边，就听有人在抱怨，嫌沙太动作太慢了，影响整体行动。于是，沙太知趣的对他们说：“你们走你们的吧，我自己慢慢走，咱们在导游规定的地方汇合好了。”

初春的玉龙雪山很冷，比丽江还要冷不少度。就这低温，就已经把昨日刚从海南三亚飞到丽江的沙太，弄得从心里凉到了脚后跟。人啊，可不能这么个胡折腾法，从三亚

到玉龙雪山温度相差了快三十度之多，这可让沙太这个老太婆遭罪了。这一路忽冷忽热，那个难受的滋味让沙太一辈子也忘不了。

景区的吊车索道，把游客运到了玉龙雪山次主峰观光台上。面对冷风呼啸的冰川雪山，那种与世隔绝的冷艳之美，着实是震撼着沙太的心灵。玉龙雪山就是以这样雄伟的气魄，征服了所有的游客。

沙太这一路脚底下是一步一打滑，稍不留意就会摔跤。即使是寒风刺骨、冰雪裹身，大部分游客也不会放过饱眼福和拍照的良机。在冰峰上，刹那间沙太忘记了高海拔和冰雪所带来的危险，不顾一切的走向最佳观景台，拍下了那让人震撼的玉龙雪景。一位年轻的游客与沙太互相用手机，拍下了珍贵的雪山留影。那天，玉龙雪山山顶的风力达到了十级以上。为了避免出现意外，景点关闭了去往山顶的索道，其他通往山顶的步行通道早被大雪覆盖，让那些想徒步登山顶的游客们断了念想。

沙太在海拔四千多米的中峰只待了十几分钟，就匆忙随着大部队乘缆车下山，去游览其他景点了。玉龙雪山属南温带型高原季风气候区，具有独特的山体季风特色。山底是的河谷，山顶却是冰雪覆盖的冰川，区域气候垂直分布，差异特别大。

当沙太来到雪山风景区的甘海子、蓝月谷、云杉坪时，一习暖风缓缓吹来，太阳温暖的光芒照在游人的身上，与山顶那寒风凌厉仿佛是两个世界。让人敬畏崇拜的大自然啊，真是太奇妙太多彩了！人世间的任何一位超凡的诗人或画家，也难以用作品表达出自然界的壮美。玉龙雪山像一座高傲王子的雕像，屹立在丽江玉龙镇的高原上，每天迎来四面八方的游客。

为了挑战高原，沙太整整“备战”了一年的时间。不间断地进行体育锻炼和增强免疫力训练，就是担心在去雪山的旅途中出现意外。感谢上天的恩典，沙太在花甲之年以后，终于实现了攀登玉龙雪山的愿望。

丽江古城坐落在丽江坝中部，距离大理州二百公里，距离香格里拉二百六十公里，是游客去滇西北旅游的中转站。从南国海滨三亚凤凰机场到丽江三义机场，空中飞行时间是两小时四十分钟。

初春的三亚，艳阳高照海风温煦，而初春的丽江却仍然徘徊在冬日的寒意里，沙太只好把冬日里出行的装备全都套在了身上，晚上还要插上宾馆备好的电褥来取暖。

也好，沙太体会一下高原古城的春日滋味，也是蛮有意义的。丽江古城始建于十三世纪后期。那时蒙古军南征，丽江木氏先祖阿宗阿良降于元世祖忽必烈，历经时代变迁，丽江古城已经发展为一座跨越古今的城市。古城的建筑风格，仍然保持着部分纳西族和彝族等少数民族的建筑风格。古城主要以木制榫卯结构的二层小楼为主，看上去小巧玲珑。在丽江古城，沙太淘到了一个可心的原木笔筒，那家店铺刚好就开在木府景点的大门口附近。

木府，原为丽江世袭土司木氏的衙署，位于古城内的狮子山。木府内设有三清殿，护法殿，忠义坊，议事厅等大殿，悬挂历代皇帝钦赐的十一块匾额，这些都反映着家族的兴衰。电视剧《木府风云》就是在这个大院里拍摄的。走在充满纳西族民族色彩的丽江古城的石板路上，在干净的街道两旁，尽是饭店商铺和旅馆，少有居民住宅。学校与博物馆和寺院穿插其中，名人故居也时有看见。丽江古城已经完全成为一座旅游观光的城市，许多从业人员身着少数民族服装，是为了彰显民族特色和招揽生意。

大理古城是原大理州政府的所在地，有着当地少数民族质朴的气息；而丽江古城却是当地人对外展示自己的旅游之城。丽江古城曾入选国内深受网民喜爱的十大古村镇。

去丽江游玩吧，那里有很多好吃又便宜的小吃。几元钱一碗的米粉和面都会让你吃得心满意足。

虎跳峡，以“险”名冠天下，是中国最“险”的峡谷。虎跳峡在云南迪庆藏族自治州的地区管辖内，该地区连接长江第一峡湾，在世界上也是著名的大峡谷。

去看虎跳峡的路并不好走。从丽江古城乘坐豪华中巴，穿山越岭的颠簸了足有三个小时才到达虎跳峡景区。

那天北风呼啸，雪花飞扬，人一出车门就要被狂风刮倒的感觉。可千里迢迢的好不容易才到了虎跳峡，就是再难再险也不能错过了眼前的美景啊！虎跳峡谷最窄的地方就是观景的最佳点。

相传当地有猛虎下山来，在江中的礁石上稍微一抬脚便腾空而起，从玉龙雪山跳到了哈巴雪山，当地因此得名“虎跳峡”。

听景和在电视屏幕上看景，都是一种听觉和视觉上的享受，但当你身临其境的看

到，亲身感受这大自然的鬼斧神工所创造的奇景时，就会被眼前的奇观所震撼，那山的巍峨与险峻，那水的怒吼与翻飞，还有那风的放肆与狂舞，会在霎时间里让你忘记了时间乃至自我。

也许，这就是许多年来，沙太不知疲倦的往返奔波在山水之间的缘故吧。

虎跳峡不但深而且窄，许多地方双峰欲合，如门半开，站在谷中，看天是一条缝，看江似一条带，大有头顶绝壁脚踏激流，让人胆战心惊的感觉。好像一不留心，就会被翻卷狂啸的激流浪花带入大江。虎跳峡是天下之险，这险中蕴藏着一种惊心动魄的壮美，这壮美，是大自然赐给你心灵的滋养和力量。

当我们再一次回到旅游巴士上时，每一个人都冻得嘴唇发紫、手脚冰凉。同时窗外那怒吼的金沙江水，发出的震耳欲聋声响，用一种特殊的形式，向远道来的朝圣者告别。

这次带我们去虎跳峡和香格里拉的导游兼司机名叫扎西，是位从小在香格里拉长大的藏族小伙子。扎西一路上给游客介绍着香格里拉藏民的风土人情。让大家非常感兴趣的是藏民的生活跟过去相比有了什么变化。扎西说，香格里拉是藏语，翻译成汉语即是心中的日月。在藏人眼里，爸爸是太阳，妈妈是月亮，太阳和月亮同样不可缺少，太阳和月亮享有同等的荣耀。

扎西的爸爸就娶了四个老婆，扎西是二老婆生的二儿子。扎西讲的这些事情，听起来太出圈了！

人间天堂香格里拉。位于滇西北的香格里拉，最早是通过著名英国作家詹姆斯·希尔顿的小说《消失的地平线》而被世人所知的。后来这部小说被拍成了电影，并一举获得了奥斯卡奖，更增加了香格里拉这地的神秘感。在《消失的地平线》一书中，作者用绝美平和的语言，描绘了在一个远在东方群山峻岭之中，有个叫香格里拉的永恒和平宁静之地。沙太是个文学爱好者，从年轻时代就对远在天边的高原之府香格里拉充满了无穷的幻想，但苦于终日为生计操劳忙碌，无缘走向高原。

过去交通落后，个人也很难远距离的游山玩水。现在的年轻人多幸福啊，动不动的就要来一次说走就走的旅行！哪怕囊中羞涩也可以出发，真是一个好时代啊。

我们从虎跳峡出发，车爬过一道道梁，越过一道道弯，山路陡峭且狭窄，两车相迎只有小心翼翼的相互礼让，司机不敢有半点疏忽大意。路旁是悬崖峭壁，车上的游客都

知趣的把嘴巴封得严严实实的。扎西也告诫大家，大多数藏人是虔诚信奉藏传佛教的，游客要尊重当地人民生活习惯，更要注意自己的言行。在车上不许大声喧哗，保持车厢卫生和安静。这要在其他旅游地，游客是不会在意导游的告诫，依旧我行我素，但在去往香格里拉旅途中，再刁蛮无礼的游客也得听导游的。

扎西让游客每人去买一桶氧气，尽管每人在出发的时候已经发了一瓶氧气了，大家都乖乖地掏钱一人拎回了一桶氧气。扎西让每人去买五瓶增氧液并马上喝下去，大家也乖乖地买来增氧液并按扎西的吩咐喝了下去。扎西对大家解释：“我全是为了你们好，因为大部分抗高原反应的药，都必须在一周以前吃进肚里才管用。只有增氧液是速效的，但也要提前半天喝上才能起作用。同时啊，单靠一瓶氧气是没法支持一个人安然过上两天的高原生活的。”扎西还跟说每年在玉龙雪山和香格里拉的观光旅游中，都会有游客回不了家，他们永远的将灵魂留在了高原上。而那些人多数是青壮年，自以为身体很好，不听导游的劝告，不吸氧也不喝增氧液，结果丧了命。

这次让沙太长了不少抗高原反应的知识。以后要去高原旅游，必须在一个月以前就吃抗高原反应的保健品，不然临阵磨枪会很被动的。看来，有时候是行万里路胜过读万卷书啊！

这趟丽江赴香格里拉的计划旅游期限是三天两夜，其中最重要的景点有虎跳峡、普达措国家公园和松林赞寺。这一路时间很紧张，又逢雪天路滑，加上大部分时间都在走上坡路也比较颠簸，耽误了不少时间。

为了赶时间，一路上吃饭都格外简单，就去导游安排的地方吃饭，胡乱的填一点米饭和丝毫也不能激发食欲的蔬菜、肉类就算解决了。香格里拉一年时间里，有八个月都是冰天雪地。本地不产什么蔬菜和米面。吃的东西，几乎都是从四川和云南其他地方汽运过来的。所以，当地的水果蔬菜就特别贵，也谈不上新鲜。

当地的东西都“一脸沧桑”了，更何况是在当地长期生活着的人呢。

当你踏上了香格里拉高原的土地，看到

了金碧辉煌的寺庙，藏式民居以及那灰蒙蒙似雪似雾的天空时，你一定以为你是在做梦，脚下的土地好像是空中楼阁或者海市蜃楼，海拔四千米以上的藏域高原，真是东方的一处秘境。建议年纪大的游客，还是等丽江通往香格里拉的高铁开通后，再来香格里拉旅游吧，那样少遭点儿罪。

普达措公园，是中国第一个国家公园。普达措公园位于香格里拉城东二十多公里的国家自然保护区内。普达措也像九寨沟一样，原是当地民众放牧生活的地方。国家考虑到扶贫和生态保护的需要，把原有的少数民族村落圈在了国家公园之内。这样一来解决了当地村落里少数民族新生代的就业吃饭问题，二来让生态环境得到了保护和改善，三来发展了旅游业，拉动了经济发展，真是利国利民的好政策。“普达措”藏语的意思是神助舟到达湖的彼岸。普达措内有“碧塔海”和“属都湖”两个高原湖泊。其山湖河谷组成了“三江并流”的风景带，使游客大有在伊甸园中仙游漫步的感觉。

沙太随着大批的游客走上了转湖的木栈道。栈道沿着属都湖平展的铺设，左边是梅里雪山。要知道，这可不是内陆普通的湖泊，虽然都是一样的绿波荡漾，但要观光海拔四千米以上的雪域之湖，是要付出极大代价的。虽说转湖的栈道只有三公里，平地只要步行四十分钟就可完成，但在香格里拉的普达措，沙太却艰难的走了足足三个多小时。

迎着初春高原铺天盖地的雪花，领略着高原清翠亮丽的湖光山色，沙太走几步就要停下来，吸一会儿随身带着的氧气，不敢坐下来歇息，怕一旦坐下就站不起来了。看着那些超过自己快步前行的年轻的游客，沙太承认自己真是老了，光是逞强不行，老了就是老了。

人总是要经历从出生到死亡的自然过程，每个人的生存年代无可选择，每个人的成长背景也同样难以选择。你看，从小在香格里拉藏民家里成长起来的孩子，只有通过上学读书才能走出雪域高原，但能有幸能去内地读书的孩子是少之又少，大多数孩子一辈子也很少去过内地，都是伴着大山和高原度过一生。

扎西把我们一车人带到了他的阿爸家。扎西的阿爸是个有本事的男人。扎西手把手教我们怎么吃藏民家的饭菜，首先把炒熟了的青稞面放在碗里，然后用奶茶调均匀，用手搓成一条面棍，配上羊肉和羊奶就是一顿美味佳肴了。藏民长年累月就是这样生活的，不像汉民那样需要那些复杂的厨具。

藏民是有什么就说什么的。在篝火晚会上，扎西的阿爸和四个阿妈一起登台，为游客表演了藏族歌舞。扎西同父异母的弟弟很会唱歌。他说："台下的兄弟姐妹们，来到香格里拉就不要客气，相中了哪位小弟和小妹就大胆一些啊！"诙谐幽默的风格加上台上与台下的热烈互动，让游客度过了一个美妙的香格里拉藏民篝火晚会之夜。

沙太老了，已经没有了参与的热情，就像一个局外观众，看着眼前这些被篝火点燃热情的游客。生活在雪域高原香格里拉的藏人，单纯朴实热情奔放，他们很会安慰自己，也懂得满足。沙太感觉懂得满足就会时常感到幸福。香格里拉曾燃起过一场大火，把整个旧时的建筑烧的成了断壁残垣。现在的香格里拉是全新的藏式建筑，是政府花了大价钱，为藏民新建了房屋，几乎没有一家是老房子。

所以，你到香格里拉后，除了寺庙其他的全是崭新的藏式民宅，那些具有藏族民族色彩的塔楼和牌坊都被五彩的绸带缠绕着，迎风招展特别引人眼目。这些都昭示着繁荣和吉祥。也展示着藏民对美好生活的向往。

人们常说，人生在世，唯有吃穿二字。但不同地域，不同民族的吃法、穿法差别可太大了。只能说，吃饱穿暖就是一种幸福。那夜我们下榻在香格里拉宾馆，天上飘着浓密的雪花。幸好宾馆临时为我们开了两小时的地暖。

早上起来，大地一片银装素裹，感觉屋里外边一样的冷。沙太已经很久没有体验到冰天雪地的滋味了，这次在香格里拉领略到了久违的雪域风光。感谢上苍的特殊恩赐。

松赞林寺是藏传佛教的重要寺庙，素有“小布达拉宫”之称。那日清晨，沙太和同屋的夏女士，在导游扎西的陪同下，起了个大早，去观摩松赞林寺。这是个自费游览的项目，每位参观者要交一百元钱。同车的那几位年轻人说：“我们也不信什么教，如果是免费的，就去看一看，既然要交一百元钱，那就算了吧。”

参团旅游就这样，在团费内的项目，几乎是全体团员都会参加的，自费另掏腰包的，也

就随意了。在去松赞林寺的路上，扎西对我们说："我们藏人对菩萨的虔诚胜过对自己的生命，每一家族都会向寺院献出一个男孩。这个男孩儿六岁就要离开自己的家庭，出家到寺里，接受藏传佛教的教育，每日打坐诵经，每月只准回一次家，而且终生以寺庙为家。"大部分藏人是佛教徒，除了正常生活支出的必须开支外，每个家庭都会主动地把自己家庭节省出来钱粮供奉给寺里。同时，每年八月，也是藏民转山、转湖，五体投地向上苍服罪祈福的日子。

这回沙太才算是弄明白了，怪不得前年八月，在青海湖看到了许多五体投地转湖的藏民呢。

在与天挨得最近的地方，同时也是自然条件恶劣的雪域高原，历史上的很多统治集团都忽略了当地人民的生活问题，只有共产党没有忘记人民，带领大家逐渐改善了当地的生活条件。

香格里拉初春的早晨，灰蒙蒙的天上仍然飘着雪花，在雾气之中，我们三个站在雪山下的湖边，透过薄薄的晨雾，隐隐约约地看到了在雪山中央半山腰上的松赞林寺。藏人的寺庙大都选择在依山背岭的高坡上，能让当地的居民，每日在自家的院落里就能仰视。

松赞林寺按着布达拉宫的样式修建，主殿和辅殿金碧辉煌，庄严华贵，殿内的壁画色彩鲜艳，笔法细腻，壁画的内容主要是描述佛教的历史典故，以弘扬佛教以善为本普度众生的教义为主。扎仓、吉康，两大主殿矗立在最高点，居于寺中央。松赞林寺的建筑，采用了融合风格的寺庙建筑方式，两端对称且功能齐全。

松赞林寺也是个历史博物馆，寺内收藏了八尊包金释迦牟尼佛像、贝叶经、黄金灯等珍贵文物。松赞林寺的主殿建的很高，爬上去是要挑战游客身体素质的。就这一上一下，就检验了你的耐力和健康情况。旅游，说起来是件休闲娱乐的事，但有时还是需要玩命的啊。

苍山、洱海是大理的象征。为了方便游客能顺利登上苍山主峰，苍山景区近年修通了苍山大索道。从登山索道的豪华程度和安全系数来讲，苍山大索道称得上是亚洲一流。苍山国家地质公园，有十九峰和十八溪，景区内植被丰富，有茂盛的原始森林，还有世界著名的苍山杜鹃和苍山冷杉，更有不少国内稀有动物。

那日无风无雨，沙太和两个小外孙，乘豪华索道登上了苍山的第二主峰。虽说是坐在完全密封的索道罐笼里，但感觉就像飞机起飞，索道在山峦间运行，忽上忽下，搅得人胃里边翻江倒海。沙太紧闭双眼，不敢看罐笼外面的风景，小外孙却觉得很好玩也很刺激，不断发出兴奋的喊声。下了罐笼才知道，此次游苍山根本不像想象中那么轻松。坐索道上来，是免去了体力上的消耗，但若想看苍山十八溪，就得从苍山第二主峰走下去，再爬一段山路，这样才能看到瀑布和潭溪。

山上的路标写着，这段路的距离是三公里，往返就要六公里。这样的距离若放在普通海拔的平原，不是什么大难事，但这是海拔三千五百米以上的苍山啊！没走几步就会感觉胸闷头晕气不够喘的。

这会儿要下山，还要原路走回来，沙太心里直打鼓。如果不去看溪水和瀑布，那这趟苍山就算白来了。沙太都是奔七十岁的人了，这辈子恐怕不会再来苍山了。

豁上了，用自己这条老命再挑战一回。人都说，上山容易下山难。这苍山的山间盘旋道很难走，有的地方只能站住一个人，没走几步路，就遇见了好几拨杀回马枪的年轻人。现在的青年人，从小就没受什么罪，整天坐在写字楼里，缺乏锻炼，本以为能轻松的看到苍山十八溪，哪想到在高原高山上，还要喘着粗气走羊肠小道呢？受不了这个罪，就看不到更奇妙的景儿，他们只有怎么下去的怎么再上来。

其实在旅游途中，沙太觉得最不能吃苦受累的就是二十几岁的年轻人了。他们从小被家里人宠惯了，稍有辛苦就选择半途而废。沙太的两个外孙子两年前就来到大理生活，习惯了高原气候，所以没见这俩小子停下来歇息。为了安全起见，沙太让外孙在前面走着，每隔五百米大家就汇合一次。就这样沙太被两个小外孙拽着，竟然下到了山底下的溪水边。若不是担心孩子磕了、碰了，沙太且得磨蹭着呢，还不知猴年马月才能挪到地方。

苍山的水真美，山谷间到处都喷涌着湍流的溪水，而且人一到山谷，就感觉不那么憋气了，那是因为山顶与山谷之间差着一千多米呢。从山谷的旅客休息室去七龙女

池，还要走七百米左右的山路，许多游客就此止步，休整一下就往回走了。国内的短途旅游已经红火了许多年，许多人出来只为换换脑子，不在意非要看什么风景。再说，自然界的山水都是由人给起个名堂，叫她七仙女或者小龙女都一样。沙太征求小外孙的意见，没想到这两个半大小子说自己都不累，一切都听姥姥的。那就继续往前走，不到长城非好汉啊！地处半山腰的七龙女池很有特色，几十步一个山间小瀑布，清□透明的泉水，不知疲倦的缓缓流淌，山间的青石翠柏也像刚刚沐浴过的少女一样。真是再有才气的诗人画家也比不过大自然啊。

登高是为了眺望，观水则是为了洗心。能经常到大自然的怀抱里徜徉一番，是何等的美妙啊！在归途中，小外孙还是在前面五百米处等着永远落后的姥姥。沙太用上了呼吸运动法，尽量的让自己的呼吸和脚下的步伐一致，这样看起来走的很慢，但很少压迫肺部和心脏，一路走下来就不用经常休息了。就是在这趟往返七公里，耗时五个多小时，在这苍山的旅途中，沙太想到了两个问题：一是小外孙确实是长大了。二是，自己的身体还行，今年夏天决定去拉萨。沙太许多年来一直在坚持旅游，但就是不敢去拉萨。拉萨气候条件可不太适合沙太这样的老年人。但这次去香格里拉和玉龙雪山，沙太随身提着氧气瓶，又喝了抗高原反应的营养液，总算凑合着游下来了。这回在苍山十八溪，徒步在陡峭的高山，沙太竟然在两个外孙的鼓励下，顺利游完了全程！世界上还有哪件事儿，能比得上这件事儿，让沙太更高兴啊！人都活到了这把年纪，还有什么可犹豫的事情呢？既然想去拉萨看看，那就去吧。省得给自己留下什么遗憾。

一样的索道罐笼，来时充满恐惧，返回的时就轻松不少了。人就是要挑战自我，不要给自己设什么条条框框，只有想不到的，没有做不到的。看人家大画家韩美林，八十二岁了，还生了个大胖儿子呢。感觉在生活中，你要有自己的想法，每年都要给自己设定生活目标。这些稍微“跳一下”就能够得着的小目标，会陪着你带着生活的情趣活下去。

终于在六个小时后走在了回家的路上。小外孙要求吃一个冰激凌，沙太看着这两个半大小子贪吃的样子，开心地笑了。生命就是这么奇妙，隔辈才疼呢！祖孙两代人在一起玩的时候，比父母和儿女在一起时要轻松和放得开。沙太跟外孙们在一起的时候，好像自己也变成了个孩子。

云南省的微山县，距离大理一小时车程，穿过一道道的山峦，就来到了微山县城的马家庄。沙太顿时被有着几百年历史的马帮家族历史博物馆所吸引。其实这个博物馆也是赶马帮家族的宅院，三进院的两层小楼，陈列着往日马帮家族使用过的物品，那一件件历经沧桑的物件向后人讲述着马帮家族走过的悠悠岁月。几十年前，地处云南大山高原深处的少数民族，几乎所有的外来物品都靠人拉马驮。从缅甸运过来的货物，都靠微山的马帮来护运。久而久之，跑马帮护运过往的货物，就成了微山男人吃饭养家的行当。马家庄也就成了远近闻名的马帮村。

不论是过去还是现在，彰显人们努力奋斗成果的实物就是宅院或者房子。马家庄至今向后人传扬先辈功绩的实物，还是当地留下来的三进两层的青砖木椽的宅院。

让沙太感叹的是马帮的坚韧和永不言败。当年，赶马帮护运货物，光有人有马有胆量是不够的，还必须有刀枪，这就形成了马帮村的私人地方武装。私人地方武装对政府的统治必然形成威胁。所以，马家庄的马帮在几百年的历史变迁中，曾不止一次的遭到

过屠村的厄运，但总有幸存者延续着马帮的精神。现在的马帮博物馆是侨居缅甸的马帮后人修建的。

那日正赶上是礼拜天，微山的穆斯林礼拜堂敞开着，一排排的纯羊毛绣花地毯整洁华丽，迎接着前来做礼拜的人。中午，一阵阵颂祷古兰经的唱诵徐徐飘在了微山城的上空。沙太觉得，一个有诚实信仰的人是有希望的，一个有着虔诚信仰的民族是有前途的。

就这样，沙太结束了二零一九年初春的滇西北之行，感觉有点意犹未尽，沙太依旧眷恋着洱源的温泉。那洱源是洱海的源头，借着苍山和玉龙雪山流下来的雪水，还有苍山十九溪的泉水，当地地下温泉资源十分丰富。那经营温泉洗浴的商家，每天都保证换刷一次温泉游泳池的水，这对其他很多景区来说是比较困难的。

云南是个旅游大省，滇西北的玉龙雪山、虎跳峡和香格里拉让沙太在祖国大地上经历一场难忘的旅程。

感谢祖国，为我们提供了和美安详的生活环境。

感谢上苍，给我们预备了最佳的旅游心境。

二〇一九年五月十六日于山东济南

在那遥远的地方

“在那遥远的地方，有位好姑娘，人们走过了她的帐篷，都要回头留恋张望……”。这是著名的新疆词曲作家王洛宾的成名之作。据说是王洛宾在南疆喀什游玩时创作的。沙太是听着王洛宾这支歌曲长大的。通过这支歌沙太知道了在那遥远的地方，有着非常浪漫的生活和极其美丽的姑娘。

沙太真正知道有喀什这么个维吾尔族边城，还是在一九九二年的夏天。那年的夏天，沙太陪几位纺织外贸系统的老领导，去霍尔果斯口岸考察市场。说是考察，其实是公司老总给几位老部下的一次旅游福利。同行的有一位武部长，他的长辈在解放时举家迁到了新疆喀什，那时的武部长被家人寄养在舅舅家。时光如梭，一晃四十年过去了。武部长趁着我们在乌鲁木齐考察游逛的空闲，就独自去喀什看望家人了。我们在乌鲁木齐等了武部长五天，武部长才从喀什回到了乌鲁木齐。当时沙太就很纳闷，问：“喀什很远吗?”武部长长叹一口气，说：“远着呢，喀什到乌鲁木齐光坐火车就要三十多个小时，那是个遥远的地方!”沙太从那就知道了有新疆喀什这么个地方。

沙太乙亥年夏季的西北、西南之旅启程了。从济南出发到兰州中转，乘快车只用了二十四个小时。正赶上高校学生放假，列车上基本上坐的都是回家的大学生，还有爸妈带着出外旅游的中学生。车厢里很安静，很少有人说话，大多数人都在低头看自己的手机。这年头，年轻人跟手机最近最亲，好像手机能满足他的一切生活所需。

兰州的天气干燥凉爽，比起大火炉济南来可舒服多了。沙太来到黄河岸边，沿着黄河堤岸慢慢地向前走。沙太看到浪急水湍的黄河之水奔流直下，就想起了《黄水谣》里面的唱词“黄水奔腾向东方，河水万里长，水又急，浪又高，奔腾叫嚣如虎狼。”

黄河水浪涛拍岸，有着几分诗情画意，沙太感到了一种久违的感觉。

兰州是古丝绸之路的重要据点，去喀什必须路过兰州。绕是绕不过去的。兰州的宾馆餐饮业，每年就指望着七、八两个月的旅游旺季赚钱。近两年，每到学生放假，就会有大批的家长带着自己的孩子，赴新疆和西藏去旅游。现在的孩子，不稀罕吃的玩的，考完试成绩一旦达标，就会要家长给奖品，而最可孩子心意的奖品，就是去远方旅游。

沙太一个人带着行李，不方便找地方住宿，于是就在离火车站二百米处的兰州大厦住下了。这里价格不低，但好在去哪里都很方便。次日凌晨三点，天下起小雨。沙太拉着行李箱，乘着夜色，踩着湿滑的雨水深一脚浅一脚的，去候车室赶乘开往喀什的火车。

旅行，就是去看看外面的世界。每一次出发，都是对生命的一次挑战。在自己家里，一切都是熟悉的，一旦出了门，一切就都是未知的。今年黄河上游连下大雨，使得河水暴涨，把岸边的许多房屋、设施都淹没了，黄河上的油轮和渡船都停摆了。好在兰州的黄河架桥就有好几处，滚滚黄河东逝水，真让人人过目难忘。黄河，不愧是中华民族的母亲河。

喀什的全称叫喀什尕尔，翻译成汉语就是玉石之城的意思。现在的喀什有五十万常驻人口，其中百分之九十是维吾尔族同胞。喀什是中国西北边境城市，与八个国家接壤，有四个对外口岸。喀什在汉武帝统一中国以前叫疏勒国。喀什海拔两千多米，是当地戈壁沙漠中为数不多的大城市。喀什古城已有两千多年的历史。当地民间陶艺和木雕工艺充满了伊斯兰风情，那种委婉细腻的色彩与线条，向世人陈述着喀什人丰富的内心世界，也象征着维吾尔族人民对生命对生活的尊重和热爱。

大巴扎，是喀什百姓最大的商品批发市场。喀

什最有名工艺品是羊毛挂毯，喀什当地有名的土特产还有葡萄干、红果干和各种瓜果干货，其他的日用品则需要从外地运输。

沙太从遥远的山东济南来到了喀什，感觉除了使用的货币是人民币，到处还可以看到方块汉字儿外，其他东西都非常的新奇和陌生。所到之处，当地人大都用维语交流。当地男人带着维族小瓜皮帽，女人围着头巾穿着连衣裙。老头子个个精神抖擞，老婆婆也不落下风，一看就知道当地民众的生活是很安逸的。最可爱的是那些维吾尔族的小孩子，大大的眼睛长长的睫毛，好像一个个洋娃娃。

沙太到了喀什就像回到了娘家，坐在公交车站的连椅上，一会工夫，就有两三个维族老太婆上前来搭讪，用维语向我打招呼，看来沙太的长相和打扮很接喀什的地气。不过也没啥奇怪的，沙太的奶奶就是从西北逃荒到山东的少数民族与汉族结合的混血，到了沙太这一代虽说已是第三代人了，可高鼻梁大眼睛深眼窝的脸庞，还是有几分西北少数民族的长相特征的。沙太不会说维语，也听不懂维语，到商店买东西就用普通话，有些售货的服务员就惊奇的问："大姨，怎么汉话说的这么好啊?"

喀什与内陆有三个小时的时差的，晚上十一点时，喀什的天色才渐渐变暗。

沙太用一上午的时间，走马观花的逛了逛喀什古城，在古城的闹市上吃到了最正宗的西域奶油冰激凌和包着葡萄干和核桃仁的馕。那刚烤出来的裹了馅的馕，外酥里嫩吃起来很有嚼头，是沙太吃过的最好吃的馕。馕，是新疆人的最爱。

不论是白天，还是夜晚，喀什街头都能看到武警的巡逻车。看到当地各酒店进门都要进行安检，好像是去坐地铁和飞机一样。

沙太早上晚上都老老实实的待在酒店房间里。在乘市内观光车游览喀什城区景色时，沙太遇到了几个新疆建设兵团的回访故地的上海老知青。他们已年过七旬，曾在新疆建设兵团奋斗过，怀着对青春时代的眷恋，又一次回到新疆来缅怀逝去的岁月。

人老了，难免爱伤感、流泪，沙太在跟他们闲聊沙漠戈壁往事时，禁不住泪流满面。看来不光是内蒙古建设兵团的战友会去塞北大漠寻亲忆旧，新疆、青海、黑龙江的知青，也一样会去他们曾经奋斗过的地方寻亲忆旧。那时代赋予了那一代人以特殊的使命。

那日正逢大暑，大暑是一年之中最热的季节。沙太一行乘旅游中巴去帕米尔高原。

塔县，是距离喀什三百公里的西北边境小城，塔城离中国巴基斯坦边境哨所红其拉甫只有两百公里。幸运的是这里在二零一八年下半年，刚修通了喀什通往塔县的高速公路。新中国成立以前，这里根本就没有公路。新中国成立后，在修三一四国道时，驻疆部队付出了极大的代价。那时没有机械化施工，修路全靠人拉肩扛，生活给养又差。据说每修一公里的公路，就有一位筑路的战士倒下去，三一四国道是解放军战士用生命铺出来的。也只有这万千的劳动者与国家同呼吸共命运，才有今天的光明大道可走啊！

帕米尔高原平均海拔在四千米以上，著名的慕士尼格雪山就耸立在帕米尔高原上。慕士尼格雪山山脉陡峭延绵，连接着中国、巴基斯坦和阿富汗。慕士尼格雪山是座终年积雪不化的雪山，常年峰顶积雪，终年隐秘在云层中。巍峨挺俊的雪山，晴天云雾缭绕，雨雪天雾色苍茫，被生活在帕米尔高原的游牧民称为神山。

在帕米尔高原沉睡着许多有色金属矿山，在矿山的醒目处，竖立着巨大的标语，红

底白字的写着“绿水青山就是金山银山。”为了保护环境，国家不让开采这些矿山。

在距离喀什两百公里左右的深山间，有一个邮局，导游跟我说：“这个邮局就是当地的游牧民与内地唯一的联络点。”沙太看着这荒芜的高原，真想象不出，那些终年生活在这里大山深处的游牧民，是怎样生活的。导游讲：“人活着，各有各的活法儿。政府盖好了安居房，请游牧民集中下山，过有电视冰箱洗衣机的便利生活，他们还不肯从原始生活状态里走出来呢！他们习惯过那种自由自在的日子。”旅游车一过红其拉山口，漫天就飘起了鹅毛大雪，密集的雪花像云片糕一样，纷纷扬扬地铺满大地，出发的时候这可是大暑啊！

游客们如获至宝，纷纷拿起了相机，拍下大暑天帕米尔高原的雪景。导游说，帕米尔高原是个一天四季的地方，中午艳阳高照，最高温度可达到摄氏五十多度，晚上白雪飘飘，夜间的温度可降至摄氏零下十度。一天里，高低温差可达到六十度左右。

塔什米尔县（也叫石头城），是以塔吉克民族为主的中国西北边陲的一个行政县。改革开放后，这里每年都要接待许多国内外游客，因为缺少劳动力，就引进了巴基斯坦的外来打工者。其实，这些巴基斯坦人只是与本地人的国籍不同，他们同是塔吉克族人，语言相通有的还是亲戚。

石头城，是当年唐僧去西天取经路过并住过的地方，现在被开发成塔县的 3A 级景点。雅丹，是维吾尔语中陡峭的小山包的意思。在喀什去帕米尔高原和塔县的途中，始终有雪山和雅丹地貌相伴，使得旅途充满了奇异的感觉。

帕米尔高原地处高海拔地域，什么水果蔬菜也不产，全靠外边的汽车运输，所以当地蔬菜水果价格比牦牛肉还要贵。在高原上只能吃到主食和肉食，时间久了让人感到很不适应。在离喀什两百多公里的帕米尔高原上，镶嵌着两颗光芒耀眼的“蓝宝石”。那是两个不小的淡水湖。湖水呈深蓝色，湖边是二十几座银色的沙包，沙包后面是红色的

雅丹地貌，最后打底的是巍峨的雪山。雪山耸入云端，那色彩层叠六彩合一的美丽画面，真是让人如临仙境。当时沙太就想，翻越千山万水忍饥挨渴，就为看这一眼这美景也值了！

塔城，一座干净的小城，一座日落三更的天边之城，一座镶嵌在帕米尔高原上的珍珠之城。

喀什是玉石之城，而塔城则是石头之城。帕米尔高原，红其拉甫口岸，以及连绵起伏的慕士尼格雪山，形成了一道道天然屏障。沙太不禁感叹：

茫茫戈壁，石滩似海。

青山陡峭，绿洲如岛。

河谷深渊，飞鸟无痕。

山南山北走一回，多少辛酸泪。

看尽了荒芜，也看尽了苍凉。

领略了荒漠深处的大美。

苍凉中的傲骨，大漠里的真情，

千年不变，万年不改。

支撑着你——苦熬岁月，

带领着你——乐观人生。

沙太曾在内蒙古的大漠中度过了七年的岁月，对塞外大漠和戈壁，一种特殊的情感。在一九九二年的春天和夏天，沙太又两次到新疆伊犁和霍城。人说，初中教育是终身教育，说的就是人生的十五岁到十八岁，是价值观、人生观形成的关键年龄段。沙太的十五岁到二十二岁，恰恰都是在戈壁大漠之中度过的。大漠的傲骨戈壁的真性情，都陪伴着沙太，走过这人生旅途。

从喀什回到兰州又要坐三十六个小时的火车。还好这回乘的是软卧，吃饭睡觉都没受太大的影响。八月，是去西藏最好的季节，就是车票很难买。虽说找了专门代理，在二十八天前刚放票时就去抢卧铺票，但还是没有买上。按着女儿给出的主意，列车刚驶出兰州站，沙太就排在列车办公席旁边，半小时后竟然补到了一张卧铺票，沙太这一颗悬着的心终于放下来了。

去西藏！去拉萨！去布达拉宫！这是沙太许多年来的一个愿望，但多少年来，不是没有时间就是身体闹毛病，好歹这次是鼓足了勇气，才迈开了了去西藏旅行的脚步，真不容易啊。进藏的列车真宽敞，每个车厢都配备了氧气箱和应急自救设施。从兰州到拉萨，路过西宁和格尔木。在西宁和格尔木之间有一座工业新城，叫德哈令。德哈令，是青海高原连接西宁和格尔木的工业重地和交通枢纽。

柴达木盆地幅员辽阔，灌木丛生且绿地如茵，盆地间如星罗棋布般的，镶嵌着许多大大小小的海子。八月的柴达木盆地，油菜花开得铺天盖地无边无际，胜过了春天的江西婺源的油菜花。那一片片油菜花，金黄金黄的，被高原的风一吹，犹如麦浪翻滚，给人以收获的喜悦。远处是隐隐约约的山脉，近处是绿色的植被和湛蓝色的海子，嫣然一幅意欲深远、美丽绝伦的油画。

进藏的列车过了格尔木就开始释放氧气，一般没有大毛病的人，基本感觉不到高原反应。但血氧不足的人，在列车路过唐古拉山口时，就会头晕恶心胸闷。

夜间，卧铺包间里睡满了鼾声正浓的汉子，满处充满了臭脚丫子和劣质香烟的味道，沙太只好用毛巾捂上鼻子。在这荒芜的青藏高原上，修路架桥开采石油，哪一样事情都得指望这些黝黑粗糙的汉子。想到这些，沙太就不再有任何的抱怨了。

其实，这些喝酒吃肉喘着粗气儿的男汉子，才是现代文明的奠基人，沙太之流应该感谢他们，根本没有资格瞧不上他们。

在青藏高原上，有着广袤无际的原野，可以看到远处那广阔的地平线，不去说其他的人文景观，就是眼前这阔美奇妙的高原自然风景，让你来一次青藏高原也值了！列车经过二十四小时的运行，终于到达了西藏的首府拉萨。拉萨火车站可真不错，站台足有两公里长。从最后一节车厢走到出站口，沙太走了十五分钟。

拉萨的天空真蓝呀，加上当地阳光灿烂，让人有种晕忽忽的感觉，好像一不小心就会让整个身体飘起来。

布达拉宫，是西藏的象征。这座土木石建筑群，是世界上海拔最高的大型寺庙。经过世代藏传佛教信徒的奉献和众喇嘛活佛的爱护修缮，布达拉宫的建筑面积已达到四十多万平方米，除了几个大殿，还有三百多间供驻殿教职人员学习培训生活的房间。据说当地的每个信徒，一天要拿出三个时辰跪在佛龛前悔罪祈福。

一生要通过转山转湖转寺庙来完成十万个五体投地的敬拜长头。

位于西藏阿里的岗仁泊奇，就是藏人敬拜的离神最近的圣山、神山。每年八月，都会有许多信徒从印度，尼泊尔和青海西藏的各地奔赴阿里的岗仁泊奇。信徒围着圣山虔诚的五体投地，一步一个长头，有许多信徒就在去往岗仁泊奇朝拜的路上，献出了自己的生命。

很多当地的信徒认为，今生再苦也没什么，只要来世不再受苦，即使今生吃尽人间苦，也值了。当地人生活在离天最近的雪域高原，有灿烂阳光的美丽高原地广人稀，一种人无法解释的神秘，萦绕在当地人的脑海里。以布达拉宫为中心的西藏寺庙文化，有着几千年的历史传承，至今仍然深深地影响着当地人民的精神与生活。

在松赞干布的故乡墨竹，所有的住宅村落都是福建人民援建的。其他的藏族村落，也都是政府让内陆发达省市的企业无偿援建的。当地的藏族小导游说："第一个把汉族文化带给西藏的是唐太宗李世民，所以第一个援藏干部应该是文成公主。"当年文成公主进藏与藏王松赞干布成亲，从西安到西藏的墨竹，光在路上就走了整三年。现在从北京飞拉萨只要三个小时，坐火车也不过三十多个小时。

光阴飞逝物是人非，只有布达拉宫依然如故。布达拉宫，是上天与人间合一的见证，也是淳朴的藏人仰望佛祖，祈盼幸福的见证。

林芝原先不叫林芝，而是叫工布。据说解放军进驻西藏后，有一支部队，驻扎在南

迦巴瓦峰山脚下，这块比较平整的山谷间，人们管这里叫八一镇。只是近几年，政府才把八一镇改名叫林芝市，原来的八一镇就成为林芝市政府的所在地，南迦巴瓦峰到工布一带的行政村落，也就划属于林芝市的管理范围。林芝是个好地方。从拉萨到林芝有四百公里的路程。幸好三一八国道竣工，不然这四百公里要车行十个小时呢。

米拉尔山是拉萨与林芝的地理分界线，车行到米拉尔山制高点时，天上下起了鹅毛大雪。纷纷扬扬的雪花着实让游客有了几分激动，不约而同的称这是八月雪。

喜马拉雅山与唐古拉山像一对孪生兄弟，相应相随，两山之间就是拉萨河和尼洋河。三一八国道就修筑在喜马拉雅山与唐古拉山之间的山坳里，国道始终都与拉萨河和尼洋河相伴而行。拉萨河与尼洋河最终都要在林芝汇入雅鲁藏布江，而从日喀则流经那曲拉萨绕道林芝的雅鲁藏布江，却没有像其他大江那样一江春水向东流，而是从墨脱流向了印度境内。

雅鲁藏布江从印度流向了印度洋，这是青藏高原上唯一一条向南流的大江。

雅鲁藏布江是西藏的母亲河，也是藏人心中的神水、圣河。

在过去的日子里，西藏在沙太心中，就是雪域高原，一个高洁荒芜没有生机的地方。来到了林芝，完全颠覆了沙太过去的观念，林芝的植被丰饶，可与九寨沟媲美。林芝是西藏的江南水乡，海拔只有两千多米，能种青稞和蔬菜水果。林芝紧靠雅鲁藏布江，受印度洋暖湿气流的影响，夏季最高温度不超过二十度，冬季最冷也不过零下十

度。林芝的河流不缓不急，风雨也是温文尔雅，所以，生活在这里的藏民比其他雪域高原的同胞就幸福多了。

在林芝与墨脱之间的米林，有着大片的原始森林，无数座大山被成片的白桦林和灌木丛所覆盖，山间流水潺潺，让人觉得自己是来到了四川的黄龙和九寨沟。

南迦巴瓦峰是林芝海拔最高的雪域高峰。转山找观景台□望南迦巴瓦峰，就成了西藏林芝之旅的一个旅游项目。

色季拉山口，是川藏公路的必经之地。色季拉山口风急地险，空气稀薄。导游说："带你们挑战一下最高海拔，千万别逞强，这次就算检验一下你们自己的健康状况吧。"沙太一生到过的最高海拔也就属色季拉山口了。站在海拔五千多米的山口，那可不是闹着玩儿的。当地空气可真不错，任你有什么鼻塞，那一会儿准把你治好。沙太感觉自己脚底下像踩着棉花套子，软软的晕晕的，光想找个扶手壮壮胆。

高原反应谁都会有，轻的头晕头疼，重的恶心胸闷。沙太进藏几天来，就像刚打过了鸡血，精神亢奋，瞪着大眼一下也舍不得多眨，生怕错过了什么好景色。

来一趟西藏太不容易了，可不能睡觉偷懒，想睡觉回济南睡去。

结束了林芝、雅鲁藏布江、南迦巴瓦峰的三日游，回到了拉萨火车站旁的酒店，沙太连脸也没顾上洗，就一头栽在床上，沉沉地睡去。不知过了几个时辰，沙太在睡梦中好像感觉有人进了房间，但那人没有叫醒自己。等沙太一觉醒来，发现在桌子上放了一碗银耳莲子羹，这就证明刚才的确是有人进了房间。沙太赶忙去问服务员，服务员回答："刚才敲你房间的门，没有应答，有些不放心。你一个老人家来高原，我就拿了备用钥匙打开了房门。见阿姨是熟睡了，就放了一碗莲子羹。"听了酒店服务员的解释，沙太有几分感动，感谢服务员的关心，在这拉萨高原遇到了这么有爱心的女孩，这是自己的福气。但沙太也禁不住地倒吸了一口凉气，自己是老了，不禁累了，自打走出家门，不论是在火车上，还是在旅游大巴上，就是晚上住进酒店旅馆，从来都是半睡半醒。哪怕有一点儿动静，也会第一时间醒来。今天这是怎么了？

服务员两次进房间，竟然一无所知。人老了经不起折腾了，沙太要给自己敲个警钟。

从地理上来看，青藏高原不容易被来自太平洋的气流影响，西伯利亚的寒流和蒙古高原的季风也很难到达这里。喜马拉雅山的冰川和印度洋的暖湿气流共同执掌西藏的天空。

从日喀则的喜马拉雅山，到阿里的纳木错湖，再到拉萨林芝墨脱，随着海拔降低，景色是越来越美，更有一天四季的情况，忽而阳光灿烂，忽而大雪纷飞。

据说当地人不习惯攒钱，靠挖虫草发财的人，卖了虫草就去金店买个大金链子戴在脖子上，再买上个好手机，满足一下有钱了的感觉，等钱花得差不多了，就把大金链子给卖了。

据说当地女孩身上的装饰，就是家族的全部家当。往往都是家族几代人传下来的。沙太觉得，短暂的考察与了解，是无权诠释藏人的习惯和信仰的。只能把看到、听到、感受到的一些现象，做一个简单的表述。就像藏族导游所说的："藏民不会毫不动脑子地听从寺庙喇嘛的安排，是寺庙里的喇嘛教会了藏人孩子读书写字绘画和音律，是寺庙里的喇嘛会用藏药给大家治病。"在西藏最早的学校就是位于布达拉宫对面的药王山，即现在的西藏医学院。西藏医学院是西藏第一所大学，也是最受藏人欢迎的藏医药学院。

在雪域高原，人活得很不容易，各种先天性疾病很多，这里特别需要宗教和医药的双重治愈。有位从甘肃天水到西藏那曲修高速公路的年轻工程师，他与妻子生的第一个孩子，是十年前在甘肃天水生的，孩子发育正常。去年又要了二胎，为了避免孩子会有高原型疾病，妻子孕期和生孩子，都是在老家天水呆着的，但孩子生下来还是患有先天性心脏病。据说这是孩子父亲长期在高原生活所造成的。国家开发西藏建设西藏，援藏的干部和工作人员千千万万，孔繁森是一个杰出的代表，其他英雄烈士就更多了，援藏人员和他们身后的家庭都为西藏发展做出了很大的牺牲。

雅鲁藏布江发源于喜马拉雅山，珠穆朗玛峰是喜马拉雅山的最高峰。每年的夏季、秋季，都会有许多登山爱好者驻扎在珠峰下面的登山宿营地，经过二十多天的训练后，才能由藏族导游和护理人员带领着登山。据说，有一位著名企业家来登珠峰，光是陪同人员就有一百多人，前后花了两百多万元。难怪导游说就是再有钱，也不一定能游西藏，个人的野心和占有欲再强，也很难攀登珠穆朗玛峰。

喜马拉雅山是世界上落差最大的山，依着喜马拉雅山而生的雅鲁藏布江大峡谷，也自然成为了世界第一大峡谷。这里有着雄伟高洁的冰川雪山，以及奔腾咆哮飞流直下的大江，还有那鸟鸣蝶飞花果成林的植被。沙太觉得人间最美是西藏，西藏最美是林芝。

结束了五天的西藏拉萨之旅，沙太又恋恋不舍地去了趟布达拉宫广场。在布达拉宫广场，沙太穿上当地的民族服，让专业摄影师给拍了几张沙太与布达拉宫的合影。对于沙太这样奔七十岁的老人来说，此生也只有这一次来西藏拉萨的机会了。

在拉萨回成都的火车上，路过昆仑山脉。沙太想到，在过去的岁月里，国力匮乏，

修建通往高原的铁路、公路时，工人缺吃少喝，工地没有什么大型机械，全靠人拉肩扛，筑路的工人真是吃够了人间苦，想想就会让人心疼。

这次西北、西南之旅，在喀什还有兰州，白天烈日当头，太阳底下好像要把人给烤化了，晚上虽说凉快了许多，但空气中的湿度极低，洗的衣物不用甩干，几个小时就会自然风干，睡一晚早上醒来，感觉嗓子直冒烟，真是太干燥了。可一到成都，好像一下子掉进了水潭子里。早上中雨，中午小雨，晚上暴雨。整个身体被湿暖的空气包围着，又热又潮，这种感觉也很难受啊。

沙太在六年前来过成都，去过都江堰，那时的交通远没有今天这么方便。成都近几年发展很快，完全称得起“西南最大都市“的美誉。成都的七条地铁线把整个城市串联起来。去趟都江堰，在地铁站台直接就能转乘城际高铁，从市中心只用一个多小时就能到达都江堰。

成都交通的那种方便与快捷，是其他西南地区的城市难以享受到的。四川也是旅游大省，有名的景点星罗棋布，景区的交通建设也是对提高景点游客量特别重要。

当你亲身经历一趟成都至都江堰的旅程，就像看到了一场由现代交通所演绎的交响乐。当年李冰治水，完全是利用自然分流法，把汹涌的江水一次又一次地进行分流，尊重自然规律也利用了自然条件，没有像现代人那样与自然抗衡，逼江水改道。

沙太想，也许是现代人远没有我们的祖先聪明。同时，现代人是否有点儿太自以为是了呢？

沙太喜欢九寨沟的水，赞叹那是天下最美之水；沙太喜欢都江堰那个小城的干净整洁，更赞叹老祖宗治水分水的聪明才智。人啊，到大自然中去走一走，就会生出敬畏自然的想法来。人算什么呢？不如山石坚硬，不如草木随和，更不如鸟雀随性。

沙太这次在沙漠与高原，就明显的感觉到自己的衰老，动作也比别人慢了半拍。好在自己思维上还算敏捷，这次到了成都坐地铁，要用自动售票。沙太只好硬着头皮学习使用自动售票机买票，一来二去的，竟然完全学会了。心里那股满足感让沙太开心了好一阵子。

希望老家早一天建设好地铁，早一日使用自动售票机，也让我们这些“奔七奔八”的老人，享受享受国家改革开放的成果。

沙太结束了二十二天的旅行。这次快乐又艰辛的万里旅途，光是在火车上就有一百九十六个小时。一路卧铺，火车上有吃有喝。但下了火车总会感觉有些晕乎，等自己不晕乎了，就又要上火车了。走出去需要身体、金钱、时间等等，对个人来说走出去不是一件容易的事情。沙太觉得，人活着是一种造化，要心怀好奇和感恩，不辜负上天赐予的生命与造化。

二〇一九年九月一日于山东济南

梦幻五指山

五指山位于海南岛的中部，是海南第一高山，也是海南岛的“肺”。五指山热带雨林是全球仅存的三块自然风貌保存完好的热带原始雨林之一。二零零三年六月，沙太第一次来到位于祖国南边的海南岛，就被五指山的瑰丽风光所吸引。看着那山间溪水潺潺，古树参天藤罗密布，随处可见的“石上莲花”“根抱石”“植物绞杀”现象，沙太被五指山的热带雨林迷醉了。如果有谁问，中国哪里最美，沙太会毫不犹豫的回答：最美海南岛，奇美五指山！

一、追梦

人们离开熟悉的环境，去远方寻梦。也许是因为对五指山奇美环境的依恋和热爱，沙太放弃了在家乡生意，走进热带雨林的大山深处，干起了开荒种树的行当。

旅游只是短暂的体验，走马观花的了解一点风土人情和历史罢了。沙太在五指山的密林深处，与黎苗百姓和农场职工一起，经历了十几年的风风风雨，可以说对海南岛和五指山有了比较深刻的了解和体验。在十几年的海岛耕耘中，沙太亲眼见证了五指山人民生活的变迁。沙太刚来这里时，海榆中线还是泥土路，有车经过会扬沙起尘，无车时便成了黄牛躺卧戏耍的地方。从通什市里通往水满乡的道路也是窄窄的泥土路。后来朱总理来了趟五指山，泥土路变成了水泥路。

海南岛一年四季花都开，但有时到了雨季连续两个月都下雨，那阴雨让谁就是再想干活也开不了工。

五指山市里有一条南圣河，大河边上开着几十家大大小小的茶馆，两块钱一壶茶，从早上喝到下午。这里不少人都爱打牌、搓麻将和买彩票。风景秀丽的海南岛，山美水美，全中国也少有像海南人过得这么舒服的。

五指山地方治安很好。黎寨、苗乡家家都没有门锁，任你随便走进谁家，都是竹编的床石头搭起的灶，最值钱的东西就是政府给配的储放大米的不锈钢米桶。家家门前都挂着一条晾衣服的铁丝，那就是衣柜。全家也没有什么没有可偷的东西。

在当地你可以想哭就哭，想笑就笑，想大声唱歌就放开

嗓子唱起来。沙太喜欢的就是热带雨林中，黎苗老乡的这种单纯与真诚。五指山地区的森林覆盖率超过八成，这里既是天然氧吧又是海南岛淡水资源的储存地。平日里灿烂的阳光照在水平面上，天地澄澈宛如“天空之境”。被大自然的美轮美奂所吸引，越来越多的寻梦人越过千山万水来到了五指山脚下，做起了“黄粱美梦”。

沙太在追梦的岁月里，感受最害怕的事情有三件，这第一件就是“吸血的蚂蟥”。那是刚从齐鲁之地来到五指山时的夏天，在池塘的水边，一只蚂蟥聪明地黏在了沙太的腿肚子上，悄默无声地吃成了个大豆虫，才恋恋不舍的滚落到地上。蚂蟥吸血让人不疼也不痒，但日后被吸过血的部位会陷进去变成一个小坑。有一次是在勘察水源时，一只蚂蟥竟然钻进了沙太的裤子，弄得沙太满裤子上都是血。据说有人还专门钻到潮湿的密林之中等着蚂蟥来吸血治病呢。

第二件事是“眼镜蛇”。一天的上午，邻村的黎寨帅哥村长来借了一块彩条篷布，说是刚揽到一个活，去给个修鱼塘的老板干几天工。到了下午四点多钟，沙太去溪边洗衣服，农场职工就说那个帅哥村长被眼镜蛇咬死了。在五指山的热带雨林中，从古至今就繁衍生息着数也数不清的热带动物，这里是它们的地盘，人类才是入侵者。在大山的深处的夜深之时，常常听到有大蟒发出特殊的声响，像是在嚎叫一样。

第三件就是“热带风暴和超强台风”。海南岛四面环海，岛上所需要的淡水资源，全部来源于每年雨季。正是那年的“达维”台风，让沙太看清楚了在美丽委婉的柔情蜜意之中，海南岛还有发飙不讲理的狰狞时刻。本来沙太决定在热带雨林中种树之前，就听黎族老乡说：“想在海南岛上发大财？那得看看老天爷同意不？若是发财这么顺当，我们怎么还穷着呢。”看着被暴风骤雨掀翻的屋顶和被山洪冲垮的道路桥梁，沙太的后脊梁骨直冒凉气。自己一个老女人，不缺吃不缺穿的，跑到这海岛的深山老林来冒险，万一出了人命，你拿什么来还啊！是台风让沙太转变了觉得海南人懒的看法，任你再勤快再努力，一场台风过后，一切都变得支离破碎面目全非了。

狂飙肆虐的台风，曾经多次打碎了大陆仔在海南岛迸发的“沉香梦”“花梨梦”，有不少人已经打道回府了。人类是靠梦想滋养着灵魂，给自己找个继续奋斗，继续活下去地理由的。如果没有梦想，人类活得还没有其他物种自在和舒服呢！

二、圆梦

盼了许多年，海南人终于听到了腾飞的号角，那一件件开天辟地头一回的大好事，展现在了海南岛上。

最先在海南开盘的房地产商，几乎都没有赚到钱，那时岛上随处可见停工的烂尾楼。随着祖国改革开放的深入，分得了红利的国民，开始思考怎么活着才更长寿、更健康。沙太有位去迪拜做营养师赚了钱回国来报答父母养育之恩的友人。友人带着父亲，从辽宁抚顺出发一路南下，寻找理想的地方来养老，父女俩去了四川的攀枝花，到了广西的巴马和北海，最后乘船过海来到了海南岛。在岛上转了三个月，最后定居在五指山市由福建惠安老板刚开发的惠安别墅小区。说是别墅，一栋独立小楼才二百多平方米，每平方米的开盘销售价是五百七十元人民币，那是二零零五年。

一栋别墅十四万块钱，这样的商机被温州的炒房团抢了去，五指山的居民连眼皮都不抬一下，为什么？一是没钱，二是观念不同。十多年过去了，一拨又一拨的开发商进军海南岛，五指山的房价长到了每平方米一万多。高速公路、宽带、天然气、大型购物超市，一股脑地挤进了五指山人民的生活中来。温州炒房团把囤下的房子卖给了从山西来海南越冬的老板，据说一栋房子最少也赚了一百五十多万。房地产开发拉动了五指山的经济发展，黎家、苗家的劳动力都进城打工了，国家扶贫加上自己挣的辛苦钱，让大山里的老乡脱贫致富了。

现在，村子里几乎没有茅草房，老乡家是新房、新家具、新家电，都没有经过什么更新换代就直接用上液晶电视了。最有福气的还是大山里的娃娃们，每天清晨校车就停在自家门口，下午放学了把孩子送回来，中午在学校还有免费的营养餐。

让海南岛人骄傲的还有各种国际大赛，时常在海口、三亚、琼海、五指山举办。最有代表性的有博鳌亚洲论坛、三亚亚洲小姐评比、三亚电影节、世界自行车环岛接力赛、中国房车展销会等。

沙太觉得，最值得说道的还是五指山的空气。据说香港闹非典时，香港的富豪派直升飞机到五指山上空灌空气。这次全球闹新冠疫情，五指山的情况还是比较乐观的。祖祖辈辈生活在大山深处的黎苗老乡，最听政府的安排，不让走村窜户就安安稳稳地在自己家里，让出门戴口罩就全员都戴上口罩，尽管许多老乡之前都没戴过口罩。全民一致，共抗疫情。只有在中国共产党领导下的中国人民才能够做到，才能够做好。

五指山有一条南圣河。如今百米宽的河道两旁，不仅有百年大榕树和民间茶馆陪伴人们打发时光，更有黎苗彩雕图让来者赏心悦目。河水潺潺花开四季，这里冬季温润的气候引来了万千“候鸟族”来越冬疗养。

五指山毛阳牙胡村的牙胡梯田，享誉海南岛。牙胡梯田呈五指螺纹状，从山脚盘绕到山腰，层层叠叠高低错落。从高处望去，快两百层的梯田优美蜿蜒如春螺，披岚似云塔。牙胡梯田犹如“上帝的调色板”，每当稻谷初熟之际，风儿吹过，泛起阵阵金黄的波浪，好一幅绝美的油画啊！

背着篓子，穿着拖鞋，
漫步在蓝天白云里。
脚下一片青绿，
耳旁虫鸣鸟语，
没有生活的压力，
也不用与谁攀比，

这就是大自然母亲——

最完美的赠予。

愿五指山更美，愿海南岛的天更蓝、山更青，人民的日子蒸蒸日上。

二〇二〇年九月九日于山东济南